PAR-DELÀ L'OUBLI

À mes parents, à leurs sacrifices,
À Adélaïde, mon amour, à notre kairos,
À tous ceux qui n'ont pas encore les mots. Ils viendront.

Ce roman est dédié à toutes les mémoires injustement disparues.

Le bourreau tue toujours deux fois, la deuxième fois par l'oubli.

ELIE WIESEL

Rien ne distingue les souvenirs des autres moments : ce n'est que plus tard qu'ils se font reconnaître, à leurs cicatrices.

CHRIS MARKER

12 décembre 1941

En ouvrant la porte, il n'exprima aucune surprise. Il savait.

En rentrant en France, à Paris, il savait que ce jour adviendrait. Comment feindre la surprise ? Les trois hommes qui lui faisaient face, ils étaient tels qu'il les avait imaginés, durs, sans regard, sans émotion. « Monsieur Blum ? » lui demanda le premier homme. Attendait-il au moins une réponse ?

Lui, René Blum, directeur de théâtre, Croix de guerre et frère de Léon.

Il pouvait sentir, au plus profond de lui, son cœur battre. Dans sa poche, sa main tremblait. Pourtant, il se tenait debout et droit. Il faisait face à ces hommes, en soutenant leur regard.

La sonnerie avait alors retenti dans tout l'appartement. Une première fois, puis une deuxième, enfin une troisième. Lorsque la porte s'ouvrit, la silhouette longiligne d'un homme de grande taille, au front dégagé et à la moustache taillée apparut.

La réponse que René fit sembla être celle attendue. Les deux premiers hommes se regardèrent avec un air d'approbation puis se tournèrent en même temps vers le troisième, plus en retrait derrière, à l'uniforme aux couleurs de la nuit et au képi rigide sur lequel un écusson portant les lettres PP[1] était brodé. Ce dernier s'avança et lui demanda de préparer quelques affaires. Il lui tendit une petite feuille de papier : « Voici un récapitulatif des objets que vous avez le droit d'emmener avec vous, vous avez dix minutes. »

René ne répondit pas. Il ne laissa échapper aucune réaction. Rien. Il ne demanda pas non plus la raison de son arrestation, il en connaissait le motif. Il était juif. Coupable d'être juif.

Sur sa carte d'identité, un coup de tampon au travers l'avait désigné comme tel. C'était un cachet de la couleur rouge, de la couleur du sang. Dans le commissariat où il s'était rendu, à proximité de son domicile, René avait attendu longuement qu'un agent daigne le recevoir pour apposer ces quatre lettres et inscrire son nom sur une liste. Il entra français et juif et en ressortit juif et français. Cette simple mention lui attribuait désormais un statut et une race et lui ôtait ses droits et sa liberté. Il avait cette impression singulière de devenir étranger dans son propre pays. Un pays qu'il ne parvenait plus à reconnaître.

René finissait de rassembler ses affaires. Une couverture, deux changes, un rasoir, des produits d'hygiène et un peu de nourriture, c'est tout ce que précisait la liste.

1. Préfecture de police.

Rien de plus. Sa grosse valise paraissait bien vide. Avec elle, il avait parcouru le monde, les plus grandes villes, les plus somptueuses salles de spectacles. Il emportait ses souvenirs aussi, dans cette valise d'apparence si légère mais si pleine de son être.

Dans son bureau, René avait défait les quelques photos qui ornaient les cadres posés sur sa grande table en acajou. Il y avait celle de son fils et de Josette. Puis celle de ses frères. Il resta quelques instants à observer cette photo dans laquelle ils se tenaient tous les cinq, lui à gauche, jeune et souriant, Léon à droite avec son éternel sourire en coin, encadrant Marcel, Georges et Lucien. Tous étaient restés très liés au fil des années, ses frères avaient toujours été présents auprès de lui. Il pensa soudain à Lucien, resté lui aussi à Paris. Allait-il être arrêté également ? Léon, lui, était incarcéré depuis septembre 1940 près de Riom, dans l'attente de son procès.

L'un des soldats allemands chargés de le surveiller vint attraper au-dessus de la pile de papiers en tout genre l'invitation à la dernière pièce de Philippe Gaubert, *Le Chevalier et la Damoiselle*. Philippe Gaubert était mort le lendemain de la première, laissant l'Opéra de Paris orphelin de son directeur de la musique. Serge Lifar, le petit Ukrainien devenu vedette, l'ami de l'occupant, avait invité René à la représentation d'hommage. « Ach, c'est fini la grande vie, monsieur Blum[1] », ne trouva qu'à dire le feldgendarme en reposant le carton sur le bureau.

Sa valise en main et ses photos en poche, il prit une

1. Jean-Jacques Bernard, *Le Camp de la mort lente. Compiègne, 1941-1942*, Éditions Le Manuscrit-Fondation pour la mémoire de la Shoah, 2006.

profonde inspiration, et regagna le séjour où l'attendaient les deux autres hommes. Puis, silencieusement, il avança vers la porte d'entrée restée grande ouverte. D'un geste, il retira son pardessus beige du portemanteau et marcha jusqu'au palier. Derrière lui, la porte se ferma dans un claquement brusque.

Au bas de l'escalier, la porte de la loge de Mme Chabert était ouverte. La petite femme replète se tenait dans l'embrasure, regardant, immobile, les hommes passer. Elle observait René, les yeux soucieux, encadré par ces deux soldats et ce policier, « un Français, un Français qui participe à tout cela, ce n'est pas possible », se désola-t-elle à voix basse. Elle fulminait devant ce triste spectacle, s'emportant même contre René. Elle lui avait tant de fois répété qu'il devait partir, fuir, retourner en Amérique. René l'aimait, ce petit bout de femme. Il aimait s'amuser d'elle, plaisanter de son inquiétude, rire de son incrédulité. Cette femme forte et digne qui avait connu tant de malheurs. La guerre lui avait enlevé ses hommes, son mari Albert et son fils Jérôme, cet enfant qu'elle avait eu tant de mal à avoir. « On aurait pu l'appeler Désiré », en plaisantait Albert. Depuis, sa famille était M. Blum et tous les autres habitants du 55 avenue Bugeaud. Sa vie et ses perspectives étaient désormais son immeuble, « toujours impeccable », se félicitait-elle, « et puis pas de colporteurs ni d'intrus, je surveille », aimait-elle rappeler. À chaque bruit dans le couloir, on pouvait voir ses petits yeux noisette derrière la vitre de la porte de sa loge, là où tous pouvaient la trouver. Elle était fière lorsque les habitants disaient ne pas avoir peur car « Mme Chabert veillait ».

Pourtant, en ce jour si gris, elle n'avait pas su protéger « son M. Blum » lorsqu'ils pénétrèrent dans l'immeuble. Devant ces soldats avec leur fusil et pressée par cet agent de police, elle avait dû leur dire où il habitait, comment pouvait-elle faire autrement ? Elle voulait mentir, claquer la porte, s'enfermer, puis appeler M. Blum pour le prévenir de s'en aller, de passer par la fenêtre. Mais, sans même les regarder, elle avait dit « troisième gauche » en murmurant le « gauche ». Et désormais, elle regardait René, on l'emmenait, par sa faute, pensa-t-elle. Elle aurait dû crier, les en empêcher. Mais elle n'en fit rien. Elle le regarda s'éloigner, gravant dans sa mémoire chacun de ses mouvements, de ses gestes, passer la lourde porte en fonte, traverser la rue silencieuse, rentrer dans cette voiture jusqu'à ce qu'elle démarre, « cette foutue voiture, avec ces foutus soldats, dans cette foutue guerre », s'écria-t-elle dans une colère froide et humide de larmes.

Derrière la vitre de la voiture qui l'emmenait, René regarda une dernière fois la façade blanche de son immeuble, les mascarons et autres sculptures en façade, les balcons, les volets. Quand reverrait-il cette belle bâtisse ? Sa bibliothèque et ses livres, si chers à son cœur, livres qu'il avait reliés lui-même, choisissant les cuirs les plus précieux, les plus épais. Il avait voulu en faire des objets raffinés et rares, telles des œuvres d'art.

Il connaissait l'importance du beau, lui qui avait fait de l'esthétisme son métier, son obsession, son fardeau, le cherchant, le prônant, l'instruisant tout au long de sa vie. Il savait que les livres renfermaient l'âme du monde et, pour cela, il en recherchait le meilleur écrin. Le livre est une porte vers l'ailleurs, vers tous les possibles qu'il faut chérir, qu'il faut protéger. Et restaient gravées en lui les images de ces livres brûlés, empilés, jetés, les flammes emportant toutes ces pages, tous ces mots.

À l'intérieur du véhicule, René observait la ville défiler, la rue de la Faisanderie, puis l'avenue Henri-Martin. Au-dehors, il observait une liberté qui n'était désormais plus la sienne, les femmes et les hommes marchaient sur les larges trottoirs qu'offrait le quartier avec une insouciance naïve dont il était, en ce moment présent, si envieux. Le véhicule s'arrêta au pied de la mairie d'arrondissement, les soldats le firent descendre pour le conduire rapidement dans une salle où trois Allemands semblaient l'attendre. Ils étaient assis derrière un bureau, perchés sur une estrade, reproduction pathétique d'une salle d'audience.

Devant ces hommes, il déclina identité, adresse et profession. René était bien inscrit sur la liste. Ce n'était pas une erreur. Puis il fut escorté dans une salle attenante, où s'entassaient une vingtaine d'hommes. Quand il entra dans la pièce, une première image le marqua, l'expression de leurs visages sur lesquels le désespoir semblait gravé. Bientôt, d'autres vinrent les rejoindre. L'assemblée atteignit rapidement la cinquantaine d'hommes. Certains entamèrent des discussions entre eux. Tous avaient, semble-t-il, connu le même parcours avant d'arriver dans cette pièce. René entendait le récit vécu par d'autres, les émotions ressenties autrement, les peurs décrites différemment. Les paroles oscillaient entre espoir et découragement, chacun tentant de trouver une justification rationnelle à une détention arbitraire.

Puis, quand ils ne s'y attendirent pas, pensant terminer la journée dans cette pièce dont l'atmosphère devenait de plus en plus suffocante, la porte s'ouvrit. Un Allemand leur demanda de se mettre en rang puis de le suivre dehors. Ils sortirent tous de la mairie comme ils y étaient entrés, en détenus. Ils se dirigèrent vers le parvis, où un bus stationnait. Où allait-il les mener ? Vers quel ailleurs ? Ces hommes étaient perdus dans le brouillard et la peur de l'inconnu.

René monta dans le bus sans un mot, préférant regarder la ville s'écouler comme les grains d'un sablier. Sur la route, il aperçut le palais de Chaillot, celui-là même où tant de fois sa troupe fut acclamée par un public parisien si exigeant. D'autres souvenirs resurgirent lorsque le bus dépassa le pont de l'Alma. C'était à cet endroit que Josette lui avait annoncé qu'elle attendait un enfant.

Cet enfant était arrivé brusquement dans sa vie, bouleversant son quotidien de vieux garçon, ses manies et ses habitudes. Ce fils, si beau, si plein d'énergie, l'épuisait par sa fougue, sa force, mais le remplissait d'émerveillement et d'amour. Pourtant, il n'avait jamais su lui dire qu'il l'aimait, trop pris par son travail, ses occupations, imposant ses absences. Les souvenirs égrènent parfois les regrets, il le savait, sa vie n'avait pas toujours été comme il l'aurait voulu. Les échecs, les déceptions, les peurs avaient été présents. Il aurait souhaité aller chercher au plus profond de lui ce qu'il avait à dire mais il n'en avait rien fait. Il s'était tu. Lui dont le métier était d'exprimer et de transmettre, quel paradoxe…

Le ralentissement du bus le sortit de l'imaginaire dans

lequel il s'était réfugié durant le peu de temps que le trajet avait pris. Un ailleurs précieux qui, toute sa vie, l'avait aidé à traverser déceptions et peurs, comme un pilier dans un monde qui peu à peu n'en avait plus. Le véhicule s'engouffra dans l'École militaire, dont l'entrée avait été dégagée par les soldats. Les hommes furent invités à descendre. Chacun d'eux regardait le grand bâtiment avec appréhension.

René entra timidement. Il balaya d'un regard ce lieu qui semblait être l'un des manèges à chevaux de l'école militaire. Après quelques pas dans le sable, il croisa le regard d'un autre homme devant lui. Il reconnut la longue silhouette de Jean-Jacques. Son ami l'accueillit d'un sourire, les bras ouverts, « Eh bien, il était dit que nous dînerions ensemble aujourd'hui[1] », lui lança-t-il avec son habituelle bonhomie. Tous deux faisaient partie des « quatorze », ces hommes des arts qui se réunissaient autour du 14 de chaque mois. Tous dédiaient leur vie à leur passion, l'art. Jean-Jacques Bernard était dramaturge, son théâtre était celui du silence, de l'inexprimé. Un théâtre esthétique et perpétuel dont les dialogues se figeaient avec le corps, avec l'interprétation des sens et du mouvement. Les acteurs jouaient au gré des silences, des sanglots et des soupirs délicats. Jean-Jacques et René avaient la même conception de la culture, celle d'un dépassement des codes et des rythmes, d'un déclassement des genres. Ils aimaient ce monde d'artistes où ils évoluaient, un monde de spectacles, de représentations.

1. *Ibid.*

Ils adoraient se perdre dans l'intelligence du jeu et la finesse de la mise en scène.

Ils partageaient également la même religion. Une religion qu'ils ne pratiquaient pas, qu'ils avaient tous deux reçue de leur mère. Pour René, il s'agissait d'un héritage dont il avait toujours été fier, celui d'une sensibilité particulière et d'une mémoire millénaire. En raison de cet héritage, lui et tous les hommes qui se tenaient dans ce manège à chevaux étaient désormais dépourvus de leurs droits, enfermés comme des prisonniers auxquels on demandait de payer le prix de leurs fautes. En était-ce vraiment une d'être juif ? D'être né avec la religion transmise par ses aïeux, d'appeler son dieu différemment ? Il savait que la haine des Juifs ne venait pas de la religion même, mais de l'image des Juifs, d'un simple imaginaire collectif, pourtant si réel aujourd'hui.

René observait les autres hommes autour de lui. L'un d'eux, à quelques mètres, attira particulièrement son attention. Son regard était vide, ses yeux ailleurs. Où ? Nul ne le savait et ne pouvait le savoir, ses pensées étaient encore l'une des rares choses qu'il avait pu prendre avec lui.

Dans ce lieu où il n'y avait ni sanitaires, ni eau, ni rien, seulement du sable, les heures passaient et se ressemblaient. Les hommes étaient occupés à bavarder. René suivait de loin une discussion animée sur l'exposition « Le Juif et la France », organisée au palais Berlitz. Depuis septembre cette exposition avait vocation à dépeindre le Juif comme un danger pour l'union nationale du pays en présentant des travaux dits « scientifiques » censés prouver une quelconque avidité morale. Cette grossière caricature avait profondément touché René. Il ne s'agissait pas de la première discrimination, loin de là, mais l'exposition avait particulièrement ciblé Léon. Le frère de René avait été décrit comme l'archétype physique du Juif. Un cartel accompagnait la caricature de Léon. Une description odieuse avait été faite, « un profil convexe, un nez tombant, une oreille mal faite énorme, des lèvres épaisses que la moustache abondante s'efforce de dissimuler ». Pire, Léon était accusé d'être un homme politique corrompu, à la solde d'un vaste complot juif visant la faillite de la France. Une énième humiliation contre son frère. Il préféra alors s'éloigner du groupe d'hommes pour éviter d'en entendre davantage lorsque, soudain, un bruit de bottes se fit entendre.

Dans le manège, les conversations s'étaient arrêtées. Tous avaient les yeux rivés sur la porte. Les pas se rapprochaient progressivement, de plus en plus lourdement. La porte s'ouvrit brutalement et une dizaine de soldats allemands entrèrent en trombe. Ils vinrent se placer en ligne, leurs armes pointées sur René et ses camarades de détention. Le face-à-face dura quelques secondes, puis l'un d'eux s'avança et observa cette assemblée silencieuse au regard fixe. Il scruta longuement leurs visages avec le sourire satisfait des vainqueurs. Il y décelait probablement la crainte présente dans le regard des hommes. Il leur demanda de se ranger en file devant la porte du manège en vue d'un déplacement. Où ? Il ne le précisa pas. Puis il fit demi-tour, emmenant avec lui les autres soldats. René, Jean-Jacques et son cousin Jacques Ancel, lui aussi raflé, vinrent se placer derrière la file d'hommes déjà constituée. Tout au bout, près de la porte, ils avançaient très lentement. Une marche vers un avenir angoissant.

Les minutes s'écoulaient et la file se rétrécissait. Les trois hommes arrivèrent au niveau des soldats. Le groupe devant eux avait passé la porte. René et ses amis avaient réussi à ne pas être séparés, ils y tenaient, leur présence mutuelle les rassurait, au milieu de ces visages inconnus. Mais brusquement, un soldat apparut près de la porte et désigna René pour qu'il le suive. Il eut à peine le temps de regarder une dernière fois ses amis que le soldat le tira par le col et le jeta brutalement à l'intérieur d'un bus. René s'assit sur le premier siège, la seule place libre. À sa droite se trouvait un homme aux cheveux gris et au costume bleu. René remarqua la longue cicatrice que l'homme portait à la joue, semblable à celles de nombreux soldats de la guerre de 14, ceux dont le visage s'était approché d'un peu trop près de l'ennemi et qui en garderaient à jamais une trace.

Le bus démarra sous une brume opaque et une fine pluie. À l'extérieur, les lumières de la ville étaient éteintes. Le couvre-feu imposé par l'occupant avait transformé Paris. Depuis la fenêtre, René tentait de deviner les monuments. Lorsque le bus ralentit puis s'arrêta définitivement, la pluie était devenue battante. Il reconnut les grandes colonnades de la gare du Nord. Sous le porche, un parterre de soldats allemands était déjà présent. René et les autres hommes sortirent du bus et se rassemblèrent devant l'entrée.

Ils furent menés vers l'un des quais. Un train y stationnait. C'était un simple train de voyageurs. Un soldat fit asseoir René dans l'un des wagons. Il prit place près de la fenêtre. Avec l'obscurité se dessinait son reflet sur la vitre. Il était seul. Seul face à son image. L'image d'un homme devenu vieux. Il ne s'était pas vu vieillir. Il avait l'impression d'observer, face à lui, un inconnu. Qui était-il ? Qu'était devenu l'homme dans ce reflet ? Il ne savait plus rien. Dans ce wagon, il ne savait même plus qui il était. Un homme ? Un Juif ?

La journée avait été éprouvante. Au-dehors, un sifflement retentit. Les portes du wagon se fermèrent. Une légère secousse se fit sentir, puis, lentement, le train se mit en mouvement. La gare s'éloigna. René ne détourna pas les yeux. Son regard restait fixé sur son reflet. Irrémédiablement. Que cherchait-il ? Une réponse ?

René avait suffisamment vécu pour savoir que la vie n'en offrait pas. La vie était uniquement constellée de questions. Il appartenait à chacun de vivre avec elles.

Sa destination lui importait peu. Que ce soit l'enfer ou ailleurs, il irait et il résisterait, à sa manière. Dignement. Mais revenait-on jamais de l'enfer ? Héraclès en ramena bien Alceste, une scène dont il terminait la lecture lorsque, peu avant midi, il entendit la sonnerie de sa porte.

10 novembre 1893

La salle se levait comme un seul homme. C'était un triomphe. Les comédiens étaient acclamés, un, deux, trois puis quatre rappels. Au milieu, Lugné-Poe saluait. Il savourait. Quelle audace, quel tempérament, quelle énergie. Ce soir, il avait à nouveau renversé la table avec *Un ennemi du peuple*. Par la mise en scène de cette pièce d'Ibsen, il avait démontré que le théâtre n'appartenait à personne, qu'il était vivant et multiple. Seuls les spectateurs pouvaient en être les juges.

Le public était jeune, vieux, beau, disgracieux. Ils étaient tout cela à la fois, les femmes et les hommes qui peuplaient les travées du théâtre des Bouffes du Nord, cette salle au long mur décrépit, dont l'acoustique était sublime. Le lieu représentait à merveille ce nouveau théâtre, ses nouveaux spectateurs, ceux que l'on n'avait pas l'habitude de voir au Français. Ici pas de fourrures, pas de hauts-de-forme, seulement des gens du peuple, avec pour seule particularité d'aimer profondément le théâtre, au sens large, d'aimer ce qu'il représente, le texte, le jeu, le décor.

Les spectateurs continuaient d'applaudir, la compagnie de l'œuvre n'avait pas déçu, dans cette capacité de se réinventer depuis *Pelléas et Mélisande*. Cette pièce si peu conventionnelle avait, en son temps, suscité beaucoup d'émoi. Pourtant Lugné-Poe et toute sa troupe avaient persévéré, persuadés que leur théâtre avait autant sa place qu'un autre, que les Parisiens attendaient plus des artistes, que l'exigence n'était pas que bourgeoise.

René était abasourdi par cette représentation. Il découvrait que le théâtre pouvait être différent, accessible, moderne, que tragédie et comédie pouvaient se tutoyer dans une seule et même pièce. Les spectateurs voulaient voir sur scène la société dans laquelle ils vivaient, avec ses injustices, ses injonctions, sa laideur mais aussi sa beauté. Ils voulaient y voir leur propre caricature. Ils voulaient, tout simplement, vivre au travers du théâtre.

René était exalté par ce qu'il vivait. Il n'avait que quinze ans mais sentait que sa place était bien ici, que sa place était dans un théâtre, avec tous ceux qui applaudissaient, ceux qui aimaient découvrir, s'extasier, critiquer. Ce public demandait aux artistes de donner plus, encore plus, toujours plus, de se réinventer, de proposer de nouvelles choses, et il voulait être au cœur de cette entreprise, il voulait pouvoir donner du spectacle, porter haut les couleurs de l'art.

Le jeune homme ne pouvait détourner son regard des acteurs, tout en élégance, se parant de la ferveur du public. L'admiration était sans doute le mot qui caractérisait le plus le sentiment que René éprouvait à l'égard de ces acteurs, artistes, faiseurs de rêves. Leur talent lui semblait inaccessible. Il s'émerveillait de ce qui lui était inconnu, cette force que les comédiens puisaient en eux, à chaque représentation, cette capacité de se métamorphoser, d'aller sonder les profondeurs des personnages qu'ils interprétaient.

Le jeu était une captation des sens, la scène en était le sanctuaire, les comédiens en étaient l'onction. Malgré son jeune âge, René avait conscience de ce qu'il vivait. Cette pièce était comme une pierre jetée sur le mur des conventions. D'autres pierres allaient venir, plus grosses, plus fortes, et feraient tomber, tel un château de cartes, l'illusion d'un théâtre unique et classique. Lugné-Poe était un explorateur, allant jusqu'aux limites du possible pour visiter un art dans lequel il excellait. Il était de la race des précurseurs, des visionnaires, n'hésitant pas à tout risquer, même ce qu'il n'avait pas, pour faire vivre ce en quoi il croyait, espérait et vivait.

Les décors étaient magnifiques, Édouard Vuillard s'était surpassé. Cette peinture si fraîche, si colorée, elle aussi était acclamée. Le décor, à lui seul, transportait le spectateur dans un monde lointain, dans un paysage fabuleux, fait d'arbres touffus et de fleurs écloses, bravant les saisons. Cette création participait du jeu et de l'action dans cette salle sans scène et sans rideau, où les spectateurs les plus chanceux se trouvaient à quelques mètres à peine des comédiens.

Autour de Vuillard, on pouvait apercevoir ses amis, ceux qui se faisaient appeler les nabis, un mot dont la traduction hébraïque signifiait « prophète ». Ces hommes ouvraient la voie à une nouvelle école de peinture, faite de symboles aux couleurs sensibles et vives. Leurs peintures étaient loin de celles admirées au Louvre, celles des Italiens du XVIe siècle et des Flamands du XVIIe. Pourtant, les nabis persévéraient en peignant avec leur mémoire, leur imagination, dessinant et représentant la vie avec de multiples symboles et paraboles.

Les couleurs étaient, elles aussi, réinventées, laissant place à la création d'un autre monde. Les nabis reprenaient l'héritage sauvage d'un Gauguin et le mysticisme d'un Van Gogh. Ils peignaient avec leur cœur, ils peignaient leurs émotions brutes sur des formats nouveaux, des estampes à la japonaise aux papiers collés, de nouveaux formats permettant aux artistes d'étendre et de décloisonner l'expression de leur art.

René trouvait dans la peinture un plaisir inexistant ailleurs, sans complaisance, purement esthétique, à la fois collectif et individuel. Les peintres faisaient émerger en chaque tableau, tant décoratif que figuratif, une vie, appartenant le temps d'un regard à celui qui posait ses yeux dessus.

Lorsque René descendit les escaliers, étroits et exigus, il entendit les conversations des spectateurs et leur exaltation. La légende se construisait. Il souriait. Cette pièce allait-elle atteindre, un jour, une postérité ? La Comédie-Française allait-elle accepter de faire rentrer dans son enceinte ce théâtre d'émotions, de cris, de peurs, de rires ?

À l'image de la vie, *Un ennemi du peuple* était une parabole saillante du quotidien. Ce théâtre donnait à réfléchir aux choix propres à chacun. Celui, comme le personnage du docteur Tomas Stockmann, de se battre jusqu'au bout, jusqu'à tout perdre, pour clamer une vérité protectrice des vies dans l'avenir mais destructrice de destins dans le présent. Ou celui de son frère, Peter Stockmann, préférant à l'inverse conserver les apparences du présent en sacrifiant l'avenir. C'était un théâtre de la conscience qu'avait donné à voir ce soir Lugné-Poe, un théâtre de la douleur où le spectateur participait à l'intrigue en s'engageant. Ce dernier prenait nécessairement position tout au long de ces cinq actes, soutenant ou fustigeant l'un ou l'autre, le présent ou l'avenir.

René s'extasiait devant cette nouvelle expression scénique, cette nouvelle manière de transmettre. Ici, la définition du théâtre était dépassée. Il n'y avait aucune limite. Dans la presse, avant même la première représentation, la pièce avait été fustigée par des procureurs au petit pied, pensant être propriétaires d'un art qui leur échappait. Il s'agissait d'une nouvelle manche dans une guerre continue, à l'image de celle d'*Hernani* qui vit Victor Hugo et sa prose l'emporter sur le dogme d'un esthétisme passé et renfermé sur lui-même.

Le 25 février 1830, la salle Richelieu de la Comédie-Française était si pleine que les fauteuils manquaient. La bataille d'*Hernani* vit s'affronter les partisans d'une liberté littéraire contre les garants d'un conformisme artistique. Tout au long de la représentation, les acclamations et applaudissements des uns se confrontaient aux cris et hurlements rageurs des autres. Pourtant les comédiens jouaient, impassibles, livrant une performance à la hauteur de l'opposition qui y régnait, gagnant peu à peu le cœur de tous. La *claque*, des applaudisseurs professionnels rémunérés pour glorifier ou anéantir les spectacles parisiens, avait été d'un renfort salutaire grâce à l'aide financière du baron Taylor, protecteur des arts et précurseur du romantisme. Les applaudissements redoublaient de force face aux huées des conservateurs, surnommés également les genoux pour leurs crânes aussi dépourvus de cheveux que l'articulation à la jointure de la jambe et de la cuisse.

Les jeunes progressistes présents dans la salle étaient transcendés par l'enjeu de cette première, à l'image de Théophile Gautier dont les mots avaient retranscrit l'esprit de l'époque.

Nous entrions au Théâtre-Français bien avant l'heure de la représentation, en compagnie de jeunes poètes, de jeunes peintres, de jeunes sculpteurs, – tout le monde était jeune alors ! – enthousiastes, pleins de foi et résolus à vaincre ou mourir dans la grande bataille littéraire qui allait se livrer[1].

Cette armée romantique n'avait pas disparu. Elle demeurait grâce à l'esprit survolté de personnages comme Lugné-Poe, poursuivant l'œuvre inaltérable d'un art en constante évolution. Ce soir-là, il avait été réaffirmé que le théâtre était un organisme vivant, ne mourant que lorsqu'il était contraint. En 1830, *Hernani* fut joué près de quarante-cinq fois, constituant l'un des grands classiques du répertoire français. Les limites de l'art n'étaient jamais atteintes.

À la sortie du théâtre, dans la nuit noire, une fine pluie venait s'appliquer sur les étoffes des spectateurs.

1. Théophile Gautier, *Histoire du romantisme*, 1874.

Col remonté et chapeau arrangé, René s'engagea à pied sur les trottoirs du faubourg Saint-Denis dont il n'avait qu'à suivre le lent et sinueux chemin pour rentrer chez lui. Le faubourg formait un entonnoir aux vastes trottoirs que les promoteurs immobiliers s'arrachaient pour y construire des immeubles depuis le percement du boulevard Magenta, un peu plus bas, par le baron Haussmann. Sur la partie haute du faubourg, les entrepôts de menuiserie cohabitaient avec les garages automobiles, profitant de la proximité et du passage offert par la gare du Nord, œuvre majestueuse construite par l'architecte Hittorff, également concepteur de l'église Saint-Vincent-de-Paul à proximité. Les robustes immeubles du boulevard Magenta passés, il poursuivait sa route sur le faubourg Saint-Denis, où les usines et artisans du haut du faubourg laissaient place aux cabarets et bistrots du bas.

On faisait encore la queue devant l'un des restaurants. Il était pourtant déjà tard. À l'intérieur, on pouvait apercevoir les nombreuses tables aux nappes blanches placées en ligne. Elles laissaient seulement d'étroits passages aux commis pour s'insérer et apporter les nombreux plats et boissons sur de larges plateaux portés d'une seule main.

René continuait sa marche en se dirigeant vers l'arche de la porte Saint-Denis. Le monument célébrait les multiples victoires de Louis XIV en Hollande. En soixante jours à peine, les armées du monarque traversèrent le Rhin, le Waal, la Meuse et l'Elbe. Sur l'édifice, on pouvait également constater les marques d'une autre bataille. Y étaient encore visibles des impacts de balles tirées par les fusils du soulèvement de Paris mettant fin au règne de Charles V. Le faubourg en fut l'épicentre révolutionnaire. Ici, le peuple s'était levé contre les acquis perpétuels. Ici, le peuple s'était levé pour qu'une idée soit plus forte qu'un homme. Ici, le peuple s'était levé pour qu'une idée demeure aussi longtemps qu'une dynastie.

René avait grandi dans cette France des idées et de la fraternité des peuples. Lui et ses frères avaient été élevés avec le culte de la République. Les Blum avaient toujours été de fervents républicains, « depuis des siècles » comme aimait le rappeler le père de René, Auguste Blum. « Républicain et alsacien depuis toujours », ajoutait-il souvent en souriant. Pourtant, Auguste évoquait très rarement Westhoffen, cette petite ville qu'il avait quittée en 1848, berceau de la famille Blum et de tant d'autres familles juives venues profiter de la tolérance des seigneurs de l'époque. On pouvait retrouver des traces des ancêtres de René dès le XIIe siècle. La proximité de Strasbourg dans laquelle les Juifs pouvaient commercer mais non vivre avait permis à ses habitants d'avoir un confort modeste mais correct. En 1791, les idées neuves de la Révolution donnèrent à sa famille une patrie, la France, eux qui en étaient dépourvus depuis toujours. Depuis, les Blum avaient conservé une fidélité immuable à la nation des droits de l'homme et du citoyen.

Il fallut attendre le règne de Napoléon pour faire du nom de Blum le leur. Depuis toujours, les Juifs n'avaient pas de nom fixe et, au gré des générations, pouvaient en changer. C'est ainsi qu'en mairie de Westhoffen, le 9 octobre 1808, Abraham Moyse déclara prendre le nom de Blum, dont la proximité avec le mot *fleur* en allemand n'était sans doute pas étrangère à son choix. Il décida de conserver le prénom Moyse.

La perte de l'Alsace au profit de l'Empire allemand était restée, pour la famille Blum, une plaie ouverte. Auguste Blum, en particulier, en avait été profondément touché. L'homme était un travailleur acharné. Il avait racheté, avec son frère, le magasin dans lequel il avait commencé à travailler en arrivant à Paris. Un commerce de rubans, velours, soieries, tulles et crêpes. Au 151 de la rue Saint-Denis, Auguste Blum et son frère Henri travaillaient de longues heures dans le magasin pour négocier des étoffes rares. La famille dans son entier habitait au-dessus de la boutique, un immeuble à la façade pauvre et aux murs intérieurs décrépits.

Le magasin devint, peu à peu, une référence de qualité en matière d'étoffes précieuses dans ce quartier de négociants juifs. Le dynamisme du commerce avait permis aux Blum de déménager au numéro quatre du boulevard de Sébastopol, dans un immeuble plus cossu. Ils n'habitaient plus au-dessus du magasin et louaient désormais une maison à Enghien-les-Bains. Lucien, l'aîné, avait très rapidement rejoint son père au magasin et travaillait, comme lui, avec force et vigueur. Léon, lui, avait pu poursuivre ses études, où il excellait malgré son exclusion récente de l'École normale. Depuis, il s'était inscrit à l'université, en lettres, en parallèle de son cursus de droit. Marcel avait déjà rejoint le magasin et, enfin, Georges poursuivait des études de sciences, il voulait être médecin. Quant à René, son père le prédestinait à une école de commerce pour le conduire lui aussi, à l'issue de celle-ci, à rejoindre le magasin.

Cette vie était néanmoins bien loin des préoccupations du jeune homme. « Peut-être la fibre viendrait-elle », insistait son père à haute voix lorsque ses frères doutaient de voir René travailler au magasin. Le cadet des Blum passait le plus clair de son temps dans les salles de spectacles parisiennes ou au sein des nouveaux locaux de la rédaction de la *Revue blanche*, rue Laffitte. Dans ce quartier occupé par les banques et les assurances, les contributeurs de la *Revue blanche* détonnaient. René aimait ce paradoxe. Il côtoyait dans ce lieu bouillonnant artistes et critiques. Là-bas, il regardait avec ses yeux envieux de jeune lycéen comment se créaient les spectacles, les idées, les rencontres, les inspirations. Il pouvait y rester des heures sans être jamais rassasié.

À la maison, l'art était également central. Les frères Blum se passionnaient pour tous les arts, le théâtre comme la peinture, l'opéra comme les ballets, la littérature comme la musique. Les goûts divergeaient mais les conversations se plaisaient à évoquer les dernières créations de la capitale. Léon, rédacteur ponctuel de la *Revue blanche*, portait conseil et critique.

Les destins des frères Blum étaient veillés par Marie Blum, née Picart. Une femme empreinte des idées sociales et libérales de son époque, et d'un sentiment de justice indissoluble. Le soulèvement populaire de la Commune était encore dans son esprit. Cet événement concrétisa en elle l'idée même de démocratie populaire, de droit de regard de chacun, de participation de tous. Depuis la librairie de sa mère qu'elle aidait à tenir, place Dauphine, derrière le Palais de Justice, elle vécut cette époque intense d'égalité et d'émancipation des êtres.

Pendant la période de la Commune, Marie vit des femmes prendre la parole, au même titre que les hommes, pour haranguer les foules. Elle vit les mornes usines, peuplées d'ouvriers mélancoliques, devenir des coopératives heureuses, occupées par des travailleurs vigoureux. Elle vit l'enseignement devenir laïc dans chaque école. Elle vit la religion devenir privée, elle qui, pourtant, la pratiquait avec une rare dévotion, suivant avec rigueur fêtes et rituels. Et lorsque Paris fut perdu, elle se promit d'enseigner à ses enfants que l'égalité, pour exister, doit être conquise par le bas. Elle se promit de dire à ses enfants que la démocratie, pour demeurer, doit laisser place au débat. Enfin, elle se promit d'inculquer à ses enfants que le pouvoir, pour exister, doit être juste.

Sur le boulevard de Sébastopol, René marchait sur la longue ligne droite qui le menait jusqu'à l'appartement familial. Les larges trottoirs et l'éclairage électrique laissaient l'occasion aux flâneurs du crépuscule d'admirer les hauts immeubles du boulevard. La pluie s'était arrêtée et, désormais, l'air frais de novembre s'installait. René ajusta son col pour s'en protéger. Au cœur de la nuit, la tour Saint-Jacques s'imposait peu à peu à sa vue. Derrière elle, le bruit de la Seine se faisait entendre. Il resta quelques instants à écouter le long cours d'eau suivre le chemin de la mer, fermant les yeux pour en capter l'essence des sons. Puis, parvenu devant son immeuble, il poussa la porte gardant son entrée.

Arrivé à l'étage où habitaient ses parents, René resta quelques instants sur le palier avant d'entrer. Derrière la porte, on pouvait encore entendre du bruit. Le shabbat n'était pas terminé.

13 décembre 1941

Au travers des petits carreaux de la grande fenêtre en bois, la lumière pénétrait, formant sur le sol une mosaïque de feu, comme une frontière avec l'enfer. Les yeux fermés, le corps recroquevillé, René ne dormait plus depuis longtemps. Le sommeil était peut-être venu pendant ses longues heures de froid et de solitude. Il ne s'en souvenait pas. Il demeurait immobile, silencieux, allongé à même le sol, sur la paille éparpillée, comme tous les autres hommes autour de lui. Ouvrir les yeux, c'était admettre. C'était reconnaître qu'il ne s'agissait pas d'illusions formées au cœur de la nuit que la lumière du jour délivrait.

René restait dans l'obscurité. Encore un peu. Encore un moment. Il repoussait le temps. Au moins quelques instants, il pouvait être autre part, ailleurs, n'importe où sauf là, n'importe où sauf sur ce sol. Il avait froid, faim, soif, son corps était faible, son souffle court. Il savait que s'il ouvrait les yeux des hommes lui feraient face.

Des hommes comme lui. Comme dans un miroir, il y verrait la peur sur leurs visages, la douleur dans leurs yeux, la colère sur leurs bouches. Il y verrait des humiliés, effrayés par l'idée de la mort.

Autour de lui, il entendait. Le bruit des portes. Les chuchotements des uns. Les sanglots des autres. Sous son pardessus, René gardait le peu de chaleur que la faim avait bien voulu lui laisser. Le froid venait attaquer les moindres recoins de sa peau laissés découverts, se glissant jusqu'à ses entrailles, au plus profond de son corps. Un froid qui lui rappelait la guerre. Pendant cette période, la température si basse et l'humidité si intense lui écorchaient les os. Ses pieds étaient recouverts d'engelures. La boue et le gel représentaient un fléau pour les soldats. Ils s'y embourbaient jusqu'aux chevilles. Les extrémités du corps devenaient pour les hommes des faiblesses, parfois mortelles. Les crosses des fusils étaient si froides qu'elles brûlaient les mains. Seule l'urine procurait un peu de chaleur et parvenait à calmer les douleurs des hommes.

Malgré le froid, la boue, la fatigue, les hommes s'étaient battus, vaillamment, tout au long de cette guerre. Très probablement, nombre des hommes autour de René y avaient également participé. Ils avaient libéré le territoire des ennemis. Les mêmes ennemis qui, hier, étaient venus les chercher à leur domicile et les avaient menés dans ce lieu. Ils étaient venus les chercher avec l'assentiment et l'aide des hommes de la police française. Sans doute des frères d'armes, des camarades qui, eux aussi, avaient souffert de ce froid, funeste et amer.

Lorsqu'il décida d'ouvrir les yeux, René découvrit le

lieu où il avait passé la nuit. Une salle rectangulaire décorée de fenêtres en bois, aux murs abîmés par l'humidité et creusés par l'âge. Le baraquement était grand. Alignés au milieu, des piliers en béton supportaient tout le toit. À travers les fenêtres, il voyait les feuilles des arbres, continuellement mouvantes au gré du vent. La verdure du dehors venait apaiser le sinistre du dedans. Puis son regard se porta sur les corps allongés sur le sol. Pitoyables comme lui, immobiles, comme paralysés par le froid.

Il s'assit lentement en tournant la tête pour s'imprégner du lieu. René sentait sa bouche pâteuse. Son costume était froissé et sa chemise, sortie. Rarement il avait été si débraillé.

À sa droite, un homme allongé utilisait son manteau comme une couverture, son chapeau sous la tête. Plus loin, des hommes entraient et sortaient par la porte, provoquant un courant d'air glacial. À sa gauche, il pouvait distinguer un jeune homme à la peau mate assis en tailleur et adossé au mur, le regard perdu ailleurs. Dans ses mains, il tenait un papier blanc que René reconnut aussitôt.

De nombreuses années auparavant, il avait découvert avec stupéfaction qu'un tel document pouvait exister. Les danseurs russes de sa compagnie en étaient dotés. Le passeport Nansen appartenait à ceux qui n'avaient plus rien, même plus de patrie. Le document était délivré aux apatrides, à ceux qui furent chassés du pays de leur naissance, à ceux qui furent évincés du pays de leurs ancêtres. Ce document portait le nom de son concepteur, Fridtjof Nansen, qui, après avoir exploré les mers les plus froides, les terres les plus difficiles, avait dédié sa vie aux femmes et aux hommes n'ayant, aux yeux du monde, plus aucun intérêt. Des Russes fuyant la violence révolutionnaire aux Arméniens orphelins de leurs familles en passant par les républicains espagnols bannis, tous étaient pourvus du passeport Nansen. Jusqu'à ce jeune Juif de l'est de l'Europe dont les ancêtres furent, tant de fois, rejetés à cause de leur confession.

Avec peine, René se leva. Il rejoignit l'extérieur. Au-dehors, il observa le paysage autour de lui, longuement, détaillant les baraquements alignés les uns derrière les autres. Le lieu était formé de différents espaces séparés par des structures murales en bois, entourées de barbelés. De l'autre côté du bloc dans lequel se trouvait René, d'autres hommes semblaient également internés, certains marchaient seuls, d'autres, en groupe, arpentaient leur espace de répression.

René marcha le long du mur délimitant ce qui serait, désormais, son existence. Il ne savait même pas comment l'appeler, ce lieu. Devait-il l'appeler « camp » comme il l'avait entendu de la bouche d'un homme à l'intérieur du baraquement ? Camp… en entendant ce mot, il pensa aux malheurs et aux drames que la vie lui avait épargnés jusqu'à présent. Les catastrophes frappaient toujours les autres. Elles étaient lues dans les journaux. Elles étaient écoutées à la radio. On s'apitoyait. On s'attristait. Puis on oubliait. Jusqu'à la prochaine douleur. Pour René, ce n'était désormais plus un mot mais une réalité. Il était dans un camp. Interné. Comme une roue, l'infortune s'était posée sur lui et sur tous les autres hommes présents.

Au milieu de la cour, une longue file s'était formée devant deux hommes ayant installé, sur une petite table, une grande casserole fumante. Visiblement, une distribution était en cours. N'ayant pas bu depuis la veille, René s'approcha et se plaça dans la longue file d'attente. Marcel Lattès vint à sa rencontre. Il semblait aussi pâle que René. La veille, dans le manège, les deux hommes s'étaient retrouvés. Marcel était un compositeur de talent. Il avait beaucoup travaillé pour le cinéma. Grâce à de nombreuses commandes, il avait accompagné l'éclosion de ce nouvel art où la musique tenait une place centrale. Il composa près d'une trentaine d'œuvres pour des films. Marcel n'avait pris aucune valise, aucune affaire, pensant que son arrestation était une erreur. Il n'avait pas voulu perdre de temps. Il avait été emmené par les Allemands sans rien. René lui proposa de lui prêter quelques vêtements de rechange en attendant que ses proches puissent lui faire parvenir quelques effets.

Arrivé devant la table, René prit le gobelet qu'on lui tendit. La fumée chaude suivait ses quelques pas. À ses côtés, Marcel Lattès évoquait la superbe reprise de *Pelléas et Mélisande* de leur ami commun, Roger Désormière. Ce dernier était bien connu de René. Il avait été le chef d'orchestre de la compagnie des Ballets russes, sous l'ère de Serge de Diaghilev, avant de devenir directeur de la musique des studios Pathé-Nathan. Désormais, il dirigeait l'orchestre de l'Opéra-Comique. Marcel Lattès lui précisa que Roger Désormière avait de plus en plus de remords à travailler. Les représentations étaient pleines d'Allemands et l'homme de musique songeait sérieusement à se mettre en retrait. René s'était toujours intéressé de près à cette institution légendaire qu'était l'Opéra-Comique, nichée au cœur de la majestueuse salle Favart. Il avait même poussé son frère, lorsque celui-ci était président du Conseil, à choisir Jacques Rouché comme directeur. Ce dernier avait repris la direction de l'Opéra-Comique, en plus de celle de l'Opéra de Paris, à la demande du gouvernement de Léon Blum. Rouché avait hérité d'une salle Favart en quasi-faillite. La prééminence de Garnier, sur le même répertoire musical, avait progressivement affaibli l'Opéra-Comique. Au milieu des barbelés et des militaires en armes, les deux hommes discutaient de la vie culturelle parisienne, comme si de rien n'était. Ces quelques paroles étaient leur manière de faire abstraction du reste, d'effacer, au moins l'espace d'un instant, ce qu'il y avait autour d'eux.

Lassé par le froid de l'extérieur, René préféra rentrer dans le baraquement, venir profiter de la faible chaleur que proposait ce lieu si vide de tout. Il retrouva la place qu'il avait laissée. Il s'y était effondré après cette marche si pénible, si humiliante, bravée face aux cris, aux coups et aux bousculades des soldats. Les images de la veille continuaient à occuper son esprit. Celles de l'arrivée du train en gare de Compiègne. Sur le quai, on pouvait apercevoir d'un côté les convois de marchandises et, de l'autre, la petite bâtisse de gare. Pour René et ses compagnons d'infortune, l'arrivée en gare de Compiègne fut, paradoxalement, un soulagement. Celui de ne pas sortir du territoire français, de ne pas être emmené à l'Est, en Allemagne ou en Pologne, loin des leurs. Tous avaient entendu, d'une manière ou d'une autre, que les Allemands avaient installé des camps de prisonniers dans lesquels les conditions étaient terribles, parfois mortelles pour les plus fragiles. Les rumeurs de déportation à l'Est bruissaient. Elles étaient écoutées par tous ceux qui vivaient avec un sentiment de menace, devenu permanent au fil des années et, depuis la veille, si concret.

René se remémora également la longue et épuisante marche, sous un ciel aussi noir que le regard des soldats. Au sortir de la gare, les prisonniers, peu importe leur âge ou leur condition physique, avaient dû traverser la ville pour rejoindre le camp, situé à l'autre extrémité. Tous avaient dû suivre le rythme imposé, même les plus vieux. Ces derniers avaient été soutenus par leurs camarades. Malgré cela, les coups de botte et les coups de poing avaient plu sur eux, pour qu'ils avancent plus vite. René se souvint de l'image de ces hommes à la tête baissée et épuisée par l'effort. Il se rappela surtout la peur sur les visages. À mesure de la marche, elle progressait, dans cet horizon que l'obscurité enfermait, comme une lente descente dans les ténèbres d'une douleur aveugle.

Une main vint sortir René du sommeil, échappant pendant quelques heures au froid et à la faim. C'était celle d'un jeune homme blond, au visage maigre. Il portait un complet gris, usé aux coudes et élimé sur le bas des manches. Lui et trois autres jeunes hommes qui l'accompagnaient regardaient attentivement René. « Monsieur Blum ? » Sur le visage de René se dessinait la surprise. Le jeune homme poursuivit : « On dit que vous êtes le frère de Léon Blum ? » René esquissa un sourire : « Oui oui, Léon est mon frère. » La réponse fit tressaillir les hommes autour de lui. D'autres, un peu plus loin, s'approchèrent. Le jeune homme reprit : « Monsieur, c'est un honneur pour nous de vous rencontrer, votre frère représente notre fierté, pour tous les Juifs, pour tout ce qu'il a fait. » René resta interloqué. Il savait que la légende de son frère s'était forgée dans les milieux de gauche, dans le monde ouvrier. Il n'avait jamais eu conscience qu'il avait également été un héros de la communauté juive. René et ses frères ne fréquentaient que très peu la synagogue, uniquement quelques fois dans l'année. Sans doute pas assez pour bien connaître cette communauté si diverse. « Merci à vous, jeune homme. Si nous arrivons à sortir d'ici, je lui transmettrai vos remerciements, vous pouvez compter sur moi », répondit-il avec aplomb. Un autre garçon, à peu près du même âge, s'avança devant René : « Monsieur Blum, les Allemands appellent tous les hommes du camp pour un rassemblement dehors, vous devriez venir. » Un autre, sur la gauche, aida René à se relever : « Merci à vous, c'est très aimable de votre part, comme vous le voyez ma souplesse s'est évaporée à mesure des années », s'amusa-t-il.

René avait soixante-trois ans et des problèmes de santé liés à son âge, une jambe gauche fragile, des rhumatismes aux bras. Lorsqu'il se leva, l'un des jeunes garçons s'approcha de lui : « L'emprisonnement de votre frère est une honte dont les coupables devront payer le prix. » René remercia le jeune homme par un sourire convenu et fit quelques pas, réveillant peu à peu ses membres endormis. Sa démarche était hésitante. Certains continuaient à lui poser des questions sur Léon, sa prison, ses conditions de détention, son procès à venir et les chances qu'il avait de gagner face à une justice aux ordres. René répondait par des propos laconiques. Les questions posées faisaient renaître en lui l'inquiétude vis-à-vis de Léon. Ce dernier était emprisonné depuis septembre 1940 en Auvergne, aux prises avec un régime prêt à lui faire payer le courage qui était le sien de s'être opposé au vote des pleins pouvoirs à Pétain. Ce vieillard sénile empressé de brader la France à l'ennemi pour se réchauffer dans le confort bourgeois de l'Hôtel du Parc à Vichy.

René avait à maintes reprises demandé l'autorisation de voir son frère, retenu au château de Bourrassol. Cet endroit était décrit par Léon dans ses lettres comme dévoré par l'humidité et la saleté. Le froid ne devait pas l'épargner lui non plus. Il y était, depuis tout petit, sensible. L'état de Léon déclinait, René le savait malade, sa détention aggravait sa situation. Il craignait pour son frère. En novembre 1941, Léon avait été transféré au fort du Portalet. À nouveau René avait tenté d'obtenir un Ausweis, un laissez-passer officiel des autorités allemandes. Il recevait systématiquement la même réponse : « Il est tout à fait possible pour vous, monsieur Blum, d'obtenir un Ausweis pour vous permettre d'être auprès de votre frère, vous pouvez l'obtenir en une heure si vous le souhaitez. Pour cela, rien de plus simple, engagez-vous à ne plus revenir en zone occupée. » René se souvient du petit sourire méprisant du Standartenführer Knochen prononçant ces mots derrière un grand bureau en acajou vraisemblablement « réquisitionné » dans un appartement d'une famille juive.

René n'accepta jamais de partir. Jamais il ne céda au chantage de voir son nom, celui de son frère, celui de sa famille, assimilé à la fuite. Il s'agissait d'une question d'honneur. René, resté à Paris, avait continué à venir tous les jours à son bureau de la rue de la Chaussée-d'Antin. Son courage à lui, c'était de poursuivre sa vie, malgré les restrictions de plus en plus cyniques imposées aux Juifs.

Dehors, des centaines d'hommes s'étaient massés devant les baraquements. Des soldats allemands tentaient tant bien que mal de mettre en rang les internés. Les soldats comptaient et recomptaient les hommes sans parvenir au compte. Ils décidèrent alors d'installer une table et d'appeler un par un les internés. Les jambes de René étaient comme endolories par l'attente et le manque de mouvement. Presque un millier d'hommes attendaient, au milieu de cette cour, l'appel de leur nom. Dans le froid. Dans l'humiliation. Chacun attendait. On entendait les noms et prénoms de chacun plus disparates, comme un écho aux origines et racines familiales.

Au fil de l'appel, René s'imaginait les vies de ces hommes. Il observait cette communauté éparse répondre à l'appel de leur nom. Des Roumains, des Hongrois, des Polonais, des Alsaciens. Qu'avaient-ils à voir entre eux, ces hommes ? Qu'avaient-ils en commun ? Les uns avaient fui leur pays pour trouver refuge en France, l'une des rares nations où l'antisémitisme n'avait pas triomphé. Les autres étaient des Français qui ne connaissaient, du malheur des Juifs, que les lignes de l'Ancien Testament.

L'appel terminé, les Allemands désignèrent les chefs de bloc, courroie de transmission entre les autorités du camp et les internés. Ceux qui maîtrisaient la langue allemande furent choisis. Le maître du camp se présenta à tous. Il s'appelait Kuntz. Il s'agissait d'un jeune homme empreint d'une animosité profonde envers les Juifs, en particulier les plus âgés. Il se disait que son français correct lui venait de son métier de garçon de café dans un bistrot de Montparnasse juste avant la guerre. Sa haine envers les Français semblait également provenir de cette expérience.

Les hommes se dispersèrent peu à peu vers les dortoirs. Au loin, René aperçut Jean-Jacques Bernard qu'il se hâta de rejoindre. Ses quelques pas rapides et enthousiasmés réveillèrent les muscles de ses jambes, réchauffant agréablement son corps. Arrivé près de Jean-Jacques, il s'empressa de mettre sa main sur son épaule. Le regard qui vint le trouver fut celui d'un ami. « Retrouvé » fut le premier mot de Jean-Jacques pour René. Retrouvé. Le mot était si juste. Quel soulagement fut celui de René d'avoir retrouvé son ami. Les larmes étaient proches. Avec Jean-Jacques, c'était son monde d'avant avec lequel il renouait, au moins l'espace de quelques secondes. Seulement quelques secondes. Derrière le visage anguleux de Jean-Jacques, le paysage restait le même, celui d'un camp de détention.

Le jour tombait. La lumière laissa place à la nuit et ses autres douleurs. Celles des cauchemars, des craintes et du silence. La nuit vint, amenant avec elle la solitude profonde de l'être. La nuit était, pour tous, une crainte. Chacun se préparait à affronter les démons peuplant l'inconscient.

24 mars 1912

Face à la fenêtre de son bureau, René se tenait debout, observant dans le bâtiment opposé les couturières s'affairer dans l'atelier. Chacune jouait un rôle bien précis. Certaines découpaient les tissus, avec une rigueur monacale, suivant les délimitations imposées par le patron de couture. D'autres alignaient les points de broderie à l'aide de machines dont la bobine tournait sans cesse, délivrant un fil qui paraissait interminable. Chaque fin de journée, comme un rituel, René admirait le travail de ces femmes, « les courageuses » comme il les appelait. Il suivait avec attention la fabrication des robes et parures que d'autres femmes porteraient. De sa place, il les regardait terminer leur journée, exténuées par les longues heures accomplies, les yeux rougis par la fatigue pour un salaire modique. Elles allaient probablement rejoindre leurs familles, à l'autre bout de Paris, à Belleville, Oberkampf ou aux Batignolles et parfois plus loin, à Clichy ou Levallois, dans des quartiers aux rues plus étroites, aux bâtiments moins hauts, aux voitures plus rares.

René voyait dans quelles conditions ces ouvrières de l'aiguille travaillaient. Des journées de onze heures à une cadence infernale pour suivre les commandes prises par des hommes pour satisfaire les besoins d'autres femmes, toujours plus pressées de porter leurs nouvelles robes. Ainsi était dirigée la vie de ces ouvrières, auxquelles les gouvernements successifs prêtaient une attention aussi infime que leur salaire. Bien sûr quelques congrès socialistes se saisirent du sujet de l'exploitation des ouvrières dans les ateliers de couture, le frère de René en tête, mais pas assez pour faire changer les choses car il y avait toujours plus urgent, par exemple des élections, desquelles les femmes étaient absentes. La volonté des hommes de faire changer les choses s'arrêtait à leur égoïsme, celui de défendre le droit des ouvriers, en oubliant les ouvrières. Ces dernières étaient souvent décriées et critiquées pour leur concurrence déloyale : elles travaillaient plus et pour moins cher que les hommes.

René attardait son regard sur l'une d'elles en particulier, sans doute la plus jeune. Elle restait toujours la dernière dans l'atelier, ayant chaque soir le rôle d'éteindre toutes les lumières. Celles du plafonnier mais également toutes les lampes des espaces de confection. Ses gestes étaient empreints d'une grâce absolue. Debout, dans l'obscurité de son bureau, il contemplait la jeune femme tandis qu'elle manœuvrait délicatement l'ensemble des interrupteurs, assombrissant progressivement la pièce, jusqu'à une obscurité totale. La jeune fille devait avoir une vingtaine d'années. Elle avait la peau très brune, ses cheveux lui arrivaient jusqu'aux hanches. Combien de fois avait-il voulu se précipiter en bas de l'immeuble pour attendre sa sortie et l'aborder ? Mais que lui aurait-il dit ? « Madame, je vous trouve très belle, je vous aime. » Était-ce cela, l'amour, la simple attraction de la représentation physique d'un être ? L'attraction physique d'un être n'était que pur fantasme, un simple orgueil masculin, la simple résultante d'une domination des hommes sur les femmes. Et le mariage était la prolongation de cette domination. Une institution pensée par les hommes et pour les hommes.

Léon avait publié quelques années auparavant un essai sur l'institution du mariage. René avait été admiratif du courage de son frère de publier un tel livre en son nom propre. Tout le monde connaissait les ambitions politiques de Léon et un essai comme *Du mariage* était une production osée voire destructrice pour sa carrière selon certains de ses amis. Mais on n'arrêtait pas un homme comme Léon en agitant la menace d'un avenir politique altéré. Comme René, il était un militant du progrès, des institutions et des arts, sans doute était-ce lié à l'héritage d'une famille de communards. Dans cet essai, Léon défendait la liberté comme la clé d'une union réussie, la liberté des femmes mais aussi celle des hommes. Il insistait sur l'émancipation des êtres grâce à la découverte de la vie, le mûrissement de l'être et l'accomplissement des sens. L'injonction de se marier était un fardeau porté par les femmes, seules, celui de devoir être « vierges ».

Il alluma la lumière de son bureau et se rassit à sa chaise. Au milieu de la table s'amoncelaient des dizaines d'enveloppes. Il en choisit une dans le tas, l'écriture était appliquée et régulière, elle lui était adressée : *À l'attention personnelle de Monsieur René Blum, Secrétaire général du journal* Gil Blas, *30, rue Louis-le-Grand, Paris (2e Arr.).* Avec son coupe-papier, il ouvrit d'un coup sec l'enveloppe et en sortit la lettre. En la dépliant, il s'aperçut que l'écriture était la même. Il reconnut la signature de son tendre ami Tristan Bernard. *Cher ami, mon très cher René, c'est avec une satisfaction mais sans stupéfaction que je vous transmets mes chaleureuses félicitations, associées à ma profonde admiration pour votre enquête sur le droit d'adaptation. J'ai lu avec une grande attention votre série d'articles sur un sujet de la plus haute importance dans le monde de l'art et, je le déplore croyez-le, n'ayant pourtant jamais fait l'objet d'un traitement aussi objectif et rigoureux que celui qui a été le vôtre dans votre enquête. Désormais et grâce à vous l'affront a été levé, plaise désormais au législateur de faire son rôle… ou non.* René avait le sourire aux lèvres, Tristan, ce si fidèle ami… Malgré leur différence d'âge, presque douze ans, Tristan et René avaient noué une amitié forte. Elle était liée à l'amour du théâtre et du beau verbe mais aussi à celui du sport. À l'époque de la *Revue blanche*, Tristan avait fondé avec Léon Blum la chronique des sports. Il emmenait alors le jeune René voir les compétitions sportives, au vélodrome de Courbevoie puis au vélodrome de la Seine à Levallois. René et lui avaient gardé cette habitude de se rejoindre pour regarder des matchs de football. Les deux hommes affectionnaient en particulier le Red Star Amical Club, dont les matchs avaient lieu près du boulevard de Grenelle. Tristan était un fidèle parmi les fidèles.

Sa lettre rejoignit le haut d'une pile d'une vingtaine d'autres déjà ouvertes par René depuis le matin. René s'affairait à en ouvrir une autre lorsqu'une voix vint le surprendre. Pierre Mortier se tenait dans l'embrasure. « Alors, cher René, le fardeau de la gloire va-t-il vous obliger à rester toute la nuit à la rédaction pour répondre à toutes ces lettres de félicitations ? » René sourit en entendant le jeune et nouveau rédacteur en chef de *Gil Blas*. « Eh bien, n'avez-vous donc pas une représentation de théâtre à couvrir ce soir ? – Non pas ce soir, les félicitations épuisent, vous savez, rétorqua René avec un sourire en coin. – J'imagine bien, j'imagine très bien, lui répondit Pierre avec son petit air narquois qui poursuivit presque sans interruption. Eh bien, au risque de vous épuiser encore davantage, je vous présente également mes plus sincères félicitations pour cette enquête qui a dynamisé nos ventes depuis le mois dernier. Dans tout Paris, on n'entend parler que de votre enquête. Adrien Hébrard du journal *Le Temps* m'a même appelé pour parler d'un partenariat sur des enquêtes de ce type à l'avenir. Un partenariat… enfin. Je vous attends pour descendre ? » René, rassemblant ses affaires, répondit à son nouveau patron : « C'est gentil mais il me reste à ranger quelques effets encore, bonne soirée, Pierre. » La porte se ferma sous le bonsoir de Mortier. René prit le tas de lettres pour les ordonner par taille. Il n'avait plus la force, ce soir, de finir de les ouvrir. Il se leva, enfila son pardessus et ajusta son chapeau.

En fermant la porte de son bureau il se sentit vide,

comme après une course de plusieurs kilomètres. Un sentiment de devoir accompli le suivait tandis qu'il descendait les escaliers. Lorsqu'il passa la porte du hall, il reçut la première bouffée d'air frais avec ravissement, sa fatigue s'était comme évanouie.

Le bureau de René se trouvait à quelques pas de l'Opéra. Les alentours étaient déserts. Ce soir-là, c'était la générale du *Cobzar*, ce ballet imaginé par Hélène Vacaresco sur une musique de Gabrielle Ferrari. Que des femmes soient à l'origine de cette pièce n'avait pas empêché les mouvements féministes de s'y opposer. L'œuvre était jugée rétrograde. Présentée pour la première fois en un acte quelques années plus tôt au théâtre de Monte-Carlo, la pièce avait été un succès. À Paris, la représentation avait été adaptée en deux actes. Dans une Roumanie imaginaire et dorée, *Le Cobzar* évoque l'amour fou entre un barde, Stan, et Iana. Un amour rompu par les pouvoirs magiques d'une ensorceleuse tzigane parvenant à tirer Stan de la torpeur amoureuse où il se trouvait, pour finalement le faire quitter son village natal. Des années plus tard, il revient par hasard dans le village et tombe sur Iana. Les souvenirs remontent et l'amour, comme un automatisme naturel, revient. Mais Iana est alors mariée à Pradea. Furieuse de cet amour inconditionnel entre Stan et Iana, la sorcière dévoile tout à Pradea. Fou de colère, Stan étrangle la Tzigane. Il décide de fuir le village avec Iana. Pradea, surprenant les deux amoureux, s'y oppose, faisant éclater une bagarre qui aurait pu coûter la vie à Stan sans l'intervention de Iana obligée de poignarder son mari dans le dos.

Le couple est arrêté et condamné à des travaux forcés sous terre.

Depuis quelques années, les milieux féministes de la capitale luttaient contre les pièces aux représentations caricaturales, celles de la femme sorcière et séductrice. C'était le cas de la pièce du *Cobzar* qui avait trouvé, avant même la première, une opposition forte. Les créatrices de l'œuvre étant deux femmes, la déception fut d'autant plus grande. Une trahison presque, commise par celles pour lesquelles la bataille était menée.

La critique artistique de l'œuvre avait, en revanche, été absente. On ne s'y était pas intéressé. Oubliée, la prestation de l'orchestre et des artistes. Une dénégation insupportable pour René. Lui pensait à toutes ces petites mains du spectacle, leurs longues heures de travail, et pour quel résultat ? Être nié. Une injustice. L'accusation de sexisme à l'encontre des deux créatrices avait tout emporté sur son passage, même l'essentiel, à savoir l'art. Pour René, au contraire, l'art devait primer, quitte à séparer l'artiste de l'œuvre, même s'il connaissait les limites et le danger d'une telle distinction. Mais l'œuvre était artistique avant tout. Elle devait être jugée comme telle.

La critique d'art était devenue le métier de René, le droit à la critique, son combat. C'était justement le thème qui avait fait l'objet du premier article de René dans *Gil Blas*. C'était en 1905. Le journal venait d'être racheté deux ans plus tôt. Les nouveaux propriétaires offrirent à René ce poste de journaliste critique de la section « Art ». Il s'agissait de son premier poste après son échec avec la revue *L'Image*. René s'était lancé en investissant toutes ses économies pour reprendre cette publication avec son ami Georges d'Hostingue. Mais les conditions financières d'édition et d'impression étaient trop fortes pour les quelques ventes de la revue. René dut se résoudre à abandonner ce projet après un an seulement d'activité. Ce revers le toucha très profondément. La revue était son premier projet professionnel, une ambition entrepreneuriale. La déception en fut d'autant plus grande. Mais grâce à *Gil Blas*, il se releva rapidement et put poursuivre ce qui lui était cher, être au cœur du spectacle vivant.

Pour son premier article, René avait pris un risque. Il n'avait pas choisi de faire la critique d'un spectacle mais avait informé les lecteurs de *Gil Blas* de la polémique qui venait d'éclater entre le directeur du théâtre Antoine et l'un de ses confrères critiques, François de Nion. En colère contre un énième article négatif sur l'une de ses pièces, Antoine avait fermé la porte de son théâtre aux journalistes. René avait alors couvert la situation. Au-delà de la simple querelle, il avait su traiter avec intelligence la question du droit à la critique dans le théâtre. Pour René, la critique était un droit auquel toute œuvre devait pouvoir être confrontée. Nul n'en était exempt. Ce n'était que des avis auxquels chacun était libre d'adhérer ou non. « Que dirait-on d'un gouvernement interdisant le débat ? Qu'il s'agirait de censure », rétorquait René à ses proches quand il évoquait la polémique. Pour lui, Antoine faisait de même avec de Nion. Il censurait un avis de son propre chef en confondant publicité et critique.

Gil Blas était le journal par lequel la polémique avait été mise au grand jour. La direction fut impressionnée par l'entregent de René et la connaissance qu'il avait du Tout-Paris théâtral. Ils lui confièrent très vite, en plus des critiques, la responsabilité de la rubrique des enquêtes dans le monde de l'art. « Des enquêtes de fond sur des sujets de fond », aimait à dire René pour expliquer son travail au journal.

L'air frais de la ville l'avait revivifié. Il décida de rejoindre son appartement à pied. René habitait la rue de Tocqueville, près de la station de métro Avenue-de-Villiers. Il n'avait qu'une vingtaine de minutes de marche. Il adorait son rez-de-chaussée, niché au creux d'un des plus beaux immeubles de la rue. L'appartement n'était pas grand mais disposait d'un bureau dans lequel il avait fait réaliser quelques travaux pour installer une bibliothèque. Sur les murs, les étagères supportaient des milliers de livres, formant une immense tapisserie.

Il longea la rue de Mogador jusqu'à la place de la Trinité et son square constituant le parvis de l'église de la Sainte-Trinité. Il s'imagina alors Zola quittant, comme chaque soir, le domicile de sa maîtresse Jeanne en bas de la rue de Clichy pour rejoindre celui de sa femme Alexandrine en haut de cette même rue. Combien de fois Zola avait-il parcouru cette artère, étroite et grimpante, envahie de théâtres et de cabarets ? Dix ans après sa mort, sa mémoire habitait toujours les Français, comme ses livres et ses combats. Celui pour Dreyfus en particulier.

« L'affaire » Dreyfus, comme on l'appelait à l'époque. Le nom de « scandale » n'était, alors, pas encore employé. L'histoire de ce jeune capitaine de l'armée accusé de trahison d'État, un premier procès bâclé, puis la découverte de preuves discutables, des demandes d'éclaircissements laissées lettre morte. Puis la révélation d'une armée sclérosée, d'éléments factieux en son sein, d'antirépublicains présents tout en haut de la hiérarchie. L'affaire Dreyfus avait été comme une boîte de Pandore ouverte. Les maux venaient rejoindre les mots. Le poison d'infamie avait été lentement distillé. Ce n'était pourtant pas l'armée la responsable, ni les militaires. C'étaient les dirigeants politiques. Ils n'avaient pas su imposer le cadre moral des valeurs républicaines françaises, celles transmises par la Révolution, confirmées par des années de combat politique pour obtenir toujours plus d'égalité entre les hommes.

René se souvenait très bien de cette période Dreyfus. Il venait de publier ses premières contributions dans la *Revue blanche*. Il se souvient d'une rédaction en ébullition dans laquelle tous dénonçaient le scandale. Le propriétaire et directeur de la *Revue blanche*, Thadée Natanson, avait même eu droit à un procès pour diffamation envers l'armée. Il voulait en faire un procès politique et médiatique mais celui-ci intéressa peu. La *Revue blanche* n'était pas aussi populaire que ses contributeurs voulaient le faire croire. Alors, lorsque l'un des leurs fut au cœur de la bataille, tous eurent un sentiment de fierté immense, en particulier René.

Léon était devenu l'assistant de maître Laborie, chargé de la défense d'Émile Zola. L'écrivain était accusé de diffamation à la suite d'un article adressé au président de la République Félix Faure. Le titre de l'article résumait à lui seul le scandale, l'immobilisme politique face à l'armée, la gangrène de l'antisémitisme. Avec « J'accuse »,

Zola jetait une pierre dans l'indicible. Il donnait les noms, dénonçait les faits, précisément, invariablement. Il installait enfin une morale dans une affaire qui en était, depuis trop longtemps, dénuée. Georges Clemenceau avait tout orchestré, jusqu'à faire publier l'article dans son propre journal.

Le moment était exaltant pour René et ses amis. Ils voyaient, les jours passant, un pouvoir vaciller face à la mobilisation de plus en plus grande des « dreyfusards ». Un mot de circonstance pour désigner les défenseurs du capitaine. Ils croyaient en cette France du juste, cette France de l'honneur. Les partisans de Dreyfus gagnaient du terrain dans l'opinion, il n'y avait plus qu'une poignée d'hommes à défendre l'ordre avant la justice. La grande institution militaire commençait à s'étioler devant une telle mobilisation. René avait choisi le camp de l'optimisme. Il refusait d'être amer. L'indignité était du côté de ceux qui ne voulaient pas croire que la France s'était émancipée de l'aristocratie, du droit divin. La France, c'était un tout, composé de son peuple, multiple et divers.

Lorsqu'il arriva place de Clichy, les bistrots commençaient à se vider peu à peu. René poursuivit sa route sur le boulevard des Batignolles. Il s'arrêta devant la rue de Puteaux pour observer le flot continu de spectateurs sortir du Féeric Cinéma, signalant la fin de la dernière projection du jour.

Il termina sa marche du soir devant son immeuble, rue de Tocqueville, qu'il regarda quelques secondes, avant de disparaître derrière la grille, dans le cœur de la nuit.

25 janvier 1942

Tous les regards étaient rivés sur Jean-Jacques. Le silence semblait interminable. Sa bouche s'ouvrait et se fermait sans parvenir à émettre un son. Ses yeux allèrent de droite à gauche, en faisant des allers-retours successifs. Il leva sa tête. Non, il ne parvenait pas à se souvenir de la strophe suivante. Il se tourna vers René. Celui-ci paraissait aussi démuni que lui. Il recommença à réciter la strophe d'avant. *L'ombre était nuptiale, auguste et solennelle ; / Les anges y volaient sans doute obscurément, / Car on voyait passer dans la nuit, par moment, / Quelque chose de bleu qui paraissait une aile.* Il pensait qu'en répétant les mots de ce poème qu'il connaissait si bien, qu'il avait récité tant de fois, sa mémoire allait lui délivrer les vers suivants, naturellement.

Une fois encore, il se heurta à un mur, obscur et gigantesque. Sa mémoire se figeait sans qu'il puisse trouver les rimes suivantes. Si un seul mot, un simple verbe ou même un pronom de la strophe suivante lui avait été soufflé, il aurait pu poursuivre sa récitation, terminer de déclamer ce poème d'Hugo inspiré de la Bible, d'un amour entre un vieillard et une jeune femme. Un amour impossible entre deux êtres que tout oppose, l'âge comme l'appartenance. Ce texte était merveilleux.

Autour d'eux, une cinquantaine d'hommes avaient assisté à la scène en silence. Ils avaient, face à eux, deux hommes amaigris, livides, désespérés de perdre des mots qu'ils pensaient éternellement inscrits dans leur mémoire. S'avouant définitivement battu, Jean-Jacques releva la tête vers l'auditoire : « Voici une expérience intéressante. Vous pouvez constater par un exemple vivant l'effet de la privation de nourriture sur la mémoire[1]. » Le public était indulgent, l'auditoire souriait et applaudissait les artistes du soir. C'était la deuxième soirée consécutive de déclamation poétique. La première avait été consacrée à Apollinaire, Baudelaire et Rimbaud. Pour celle-ci, il avait été prévu de déclamer Boileau, La Fontaine et Hugo. À eux deux, René et Jean-Jacques connaissaient assez de poèmes, uniquement de mémoire, pour animer ces deux soirées sur le thème de la poésie française, en partant du XVIe siècle jusqu'aux symbolistes.

L'épuisement, la faim et le froid n'avaient malheureusement pas permis d'aller jusqu'au bout de cette dernière soirée. René comme Jean-Jacques en avaient été très déçus. Ils savaient que les « conférences du soir » constituaient, pour leurs camarades, un agrément essentiel à la vie du camp. Depuis quelques mois en effet, les

1. *Ibid.*

hommes s'étaient organisés pour combattre l'obscurantisme régnant imposé par les Allemands.

Les causeries, comme étaient appelées communément les conférences, commencèrent dans le bloc six, à l'initiative du chef de la chambrée douze, Paul Levy. Ce dernier travaillait au sein de la Compagnie des chemins de fer du Nord. Il y était ingénieur, spécialiste du mouvement. Sa fonction de chef de chambrée lui tenait à cœur. Il s'y investissait entièrement, s'inquiétant pour ses camarades comme il l'aurait fait pour lui-même. Paul était quelqu'un de profondément généreux. Chacun le reconnaissait. Il se dépensait sans compter pour obtenir toujours plus de concessions des autorités du camp, souvent sans les résultats escomptés. Paul avait remarqué que l'approche de la nuit était angoissante pour ses camarades de chambrée, apportant son lot de solitude et d'introspection. Les inquiétudes remontaient sous la forme de cauchemars, intenses et douloureux. La nuit, l'inconscient délivrait les cris et les pleurs des hommes. Pour soustraire, au moins quelques heures, chacun à ses préoccupations, Paul proposa d'organiser des soirées à thème. Lors de la première soirée, il se désigna pour faire une présentation du fonctionnement de l'aiguillage des trains. En somme, il présentait son métier. Il avait remarqué qu'il s'agissait d'un sujet méconnu du public.

Dans le camp, l'information de cette soirée à thème fit vite le tour de l'ensemble des chambrées. Le soir de l'événement, alors qu'il n'attendait que quelques malheureux, près de soixante-dix personnes vinrent l'écouter. La première causerie fut un succès. Les hommes restèrent jusque tard dans la nuit pour entendre Paul présenter des explications sur les différents types d'aiguillage selon les pays. Ce soir-là, peut-être pour la première fois depuis leur arrestation, on vit quelques hommes sourire. Entre ces quatre murs, aussi sinistres soient-ils, on apprenait, on interrogeait, on plaisantait, on s'évadait.

Deux jours après, dans les travées du camp, la conférence demeurait encore dans toutes les conversations. Au troisième jour, une réunion entre les chefs de bloc eut lieu sur la possibilité d'en organiser d'autres. De nombreuses demandes affluèrent en ce sens. Si la faim et le froid ne trouvaient guère de remède, l'épuisement moral pouvait être atténué. Une soirée sur deux, des discussions à thème étaient proposées aux internés. Parmi eux se trouvaient certains des plus grands spécialistes de leur domaine, en science, littérature ou théâtre.

Les soirées devenaient de mieux en mieux organisées. Dans le bloc cinq par exemple, Paul Levy, homonyme de l'ingénieur, dirigeant des papeteries Geismar-Levy, introduisait le conférencier par quelques mots aimables. Les débats étaient modérés par un président, Pierre Masse, fondateur de l'un des plus grands cabinets d'avocats de la place de Paris. Il avait été également sénateur et sous-secrétaire d'État chargé du Contentieux et de la Justice militaire dans le gouvernement Painlevé en 1917. Cette dernière fonction lui donnait dans le débat mais également dans le camp une autorité naturelle. Pierre était respecté de tous. Il était chargé de conclure les discussions. Ses propos souvent ironiques et, chaque fois, d'une érudition inégalée faisaient l'admiration de tous.

René avait naturellement été sollicité pour un cycle de conférences sur l'art. Ses prestations étaient parmi les plus appréciées du camp. L'une d'elles, sur le thème des Ballets russes, fut même menacée d'annulation tant il était attendu de participants. Le chef de la chambrée craignait un ébruitement jusqu'aux Allemands. René insista, il plaida, pour ses camarades et pour que la culture puisse vivre, même dans ce camp. René dédia sa vie à promouvoir la représentation artistique. L'art permettait de traduire la conscience, de retranscrire des époques, de révéler des peurs, et contribuait à réduire l'ignorance. René s'était battu jusqu'à sa ruine pour donner aux artistes les moyens d'exprimer leur art. Une vie passée auprès d'eux. Pour eux.

Pour René, chaque représentation était unique. Les artistes s'adaptaient à chaque public, qu'il soit enjoué, averti ou réticent. Ils dansaient ou jouaient en donnant toujours plus pour convaincre, jusqu'à épuiser leur organisme pour faire chavirer une salle. Et pendant les quelques heures que durait la représentation, les spectateurs étaient emportés dans un ailleurs, hors du quotidien, hors du commun. René voulait faire partager à ses camarades d'infortune la magie du spectacle, les coulisses de la scène, la fabrique des rêves. Il voulait montrer ses travers également, l'exigence sans fin, les limites du corps, les pièges de la gloire.

À l'image de la salle des machines d'un immense paquebot, le monde du spectacle était ordonné. Les Ballets russes n'échappaient pas à la règle. Leur créateur, Serge de Diaghilev, avait bâti de ses propres mains la compagnie, dans un format novateur, court et nerveux. Ce nouveau type de scène s'adaptait à un public avide de changement, avec moins de cérémonie et plus de spectacle. Dans une soirée, il était représenté non pas un mais deux ballets. Costumes, décors, chorégraphie, tout devait s'adapter et évoluer. Les dogmes de la danse classique étaient transformés. Les Russes avaient importé un nouveau style qui allait perdurer et devenir une norme. Le point d'ancrage des Ballets de Diaghilev était, depuis 1922, Monte-Carlo, capitale des Russes exilés. La principauté accueillait avec enthousiasme ces troupes d'exilés fuyant la révolution et les violences qui en découlaient. Ils s'étaient installés entre Nice et Monaco et leurs enfants rêvaient d'intégrer la compagnie de Diaghilev.

René connaissait bien Monte-Carlo. Il y était arrivé en 1924 au poste de directeur artistique de l'Opéra. Raoul Gunsbourg, l'historique et emblématique directeur, l'avait embauché pour sa connaissance du théâtre et son carnet d'adresses étoffé. « René connaît tout et tout le monde », aimait-il rappeler. René affectionnait sa vie monégasque. L'existence dans la principauté était douce et agréable, avec son paysage teinté de bleu et ses falaises blanches, inondées par un soleil méditerranéen, chaud et voluptueux.

Malgré l'interdiction des livres, un recueil de La Fontaine circulait sous le manteau. Il avait été remis solennellement à René pour préparer sa soirée de déclamation avec Jean-Jacques Bernard. Ce livre avait été prêté par le camp des communistes. René avait entendu dire que c'était Georges Cogniot lui-même qui l'avait remis à l'un des internés du bloc cinq.

Georges Cogniot était le doyen des rouges, ces communistes arrêtés à titre préventif. Les Allemands pensaient ainsi éteindre une menace à venir. Il formait avec deux de ses autres camarades le trio de direction de leur camp. Celui qui fut rédacteur en chef de *L'Humanité* avait souhaité recréer la structure d'une section communiste, la discipline du parti au premier chef, le militantisme en second. Les actions étaient dirigées et coordonnées par la direction. Parmi elles, celle de recevoir pour le camp des Juifs, privé de tout, même d'humanité, les colis envoyés par leurs familles. C'est ainsi que Jean-Jacques reçut de la part de son épouse, par le biais d'un prisonnier communiste, couvertures et conserves. Combien de vies sauvées grâce à ces valeureux gaillards prêts à prendre tous les risques pour passer les colis de nourriture aux Juifs ? Certains des Juifs internés étaient pourtant les patrons qu'ils affrontaient à l'usine à coups de grèves et de tracts.

Mais pour les communistes, tous les internés étaient des camarades comme les autres, patrons aussi bien qu'ouvriers, pas de distinction « en temps de guerre, on se serre les coudes », affirmait Georges Cogniot. Et puis tous avaient entendu comment les Allemands traitaient les Juifs, ce que l'on servait aux repas, les fonds de cuve, les soupes claires comme de l'eau. Depuis leur camp, derrière leurs barbelés, ils voyaient bien ces hommes, âgés pour la plupart, dépérir. Le froid et la faim abîmaient les corps et fragilisaient profondément les organismes.

Les communistes payaient eux aussi un lourd tribut. Chaque matin, tous se demandaient s'ils n'allaient pas être fusillés. Les Allemands venaient régulièrement prendre la vie d'un camarade communiste du camp en représailles d'attentats ou de sabotages. Mais les Juifs, c'était autre chose, on les laissait mourir. Leur traitement était tragique.

Pourtant, malgré l'état parfois déplorable de certains, les conférences se poursuivaient. On y venait parfois soutenu par les autres, quelques-uns étaient même portés, mais on y venait. On y écoutait ceux qui savaient. Les érudits ne manquaient pas dans le camp et se prêtaient à l'exercice de proposer, sans notes, un sujet. À la fin, de nombreuses questions accompagnaient généralement l'exposé, parfois il s'agissait de remarques, d'autres fois certains apportaient leurs propres expériences. La discipline régnait lors des conférences. Ce ne fut pas toujours le cas. Désormais, les thèmes étaient choisis en commun avec le chef du bloc accueillant la discussion. Les sujets politiques, religieux et autres pouvant prêter à disputes étaient consciencieusement évités. Un épisode en particulier avait mené à cette décision.

Son souvenir était resté gravé dans la mémoire de René. Il avait été profondément affecté par cette soirée, dont le thème était l'histoire des mouvements sociaux depuis le XVIIIe siècle. Il s'agissait pour le conférencier de traiter l'évolution des mouvements populaires et leur formation depuis la Révolution française. Ce soir-là était décrite la multiplicité des formes sociales. L'orateur s'attarda longuement sur l'utilisation de la violence comme un outil d'expression fondamental et nécessaire pour obtenir l'attention des pouvoirs, quels qu'ils soient. La violence était bien souvent inhérente à la lutte.

La conférence n'était pas terminée mais on entendait

l'auditoire protester. Des mains se levaient déjà, obligeant Pierre Masse, le président, à rappeler les règles : les questions devaient être posées à l'issue de l'exposé et non pendant. Au fur et à mesure, l'exposé en vint au Front populaire, à l'aventure sociale menée par Léon Blum et son gouvernement à la suite des grandes grèves de 1936. Celles-ci, contrairement à de nombreuses autres, ne furent pas touchées par une répression féroce. La violence fut contenue et mena à la formation d'un gouvernement de réforme chargé d'apaiser la situation. L'orateur insista sur l'évolution du mouvement social de 1936 comme marqueur d'une nouvelle identité populaire et rassembleuse. À cette phrase, l'un des prisonniers s'était levé en colère pour faire valoir son désaccord sur « le tableau utopique et idyllique dépeint ». Cette saillie avait été suivie par des applaudissements fournis d'une partie de l'assemblée. Pierre Masse, voyant le ton monter, rappela dans un brouhaha de plus en plus important les règles de bienséance édictées pour les conférences.

La fracture était également générationnelle et sociale. On pouvait voir facilement que le débat opposait d'un côté une classe sociale supérieure, mieux habillée et plus âgée et, de l'autre, des hommes plus jeunes, souvent étrangers, aux mains déformées par le travail manuel. Dans ce débat, René restait stoïque et observait les opinions opposées. La politique n'avait jamais été son fort, il ne la comprenait pas. Longtemps auparavant, il s'y était initié avec passion. C'était lorsque Alfred Dreyfus avait été injustement accusé de trahison. Mais la rigidité dogmatique des esprits avait eu raison de son intérêt pour la politique.

Il restait néanmoins le frère de Léon Blum. Depuis l'évocation du Front populaire, René avait bien senti les regards sur lui, directement ou subrepticement. Au camp l'information avait largement circulé sur la présence du frère de Léon Blum. René le savait bien. Toute sa vie, il vécut avec ce halo fraternel. Il était parfois pesant. René avait ainsi toujours fait le nécessaire pour éviter toute suspicion de connivences pouvant mettre en difficulté Léon. Il alla jusqu'à refuser un poste de directeur de la musique à l'Opéra de Paris qui pouvait être interprété comme une faveur faite à son frère. Pourtant sa compétence en ce domaine était reconnue de tous.

René avait appris à vivre avec le poids d'être le frère du chef du Front populaire. Mais il ne s'était jamais habitué aux attaques contre lui. Elles l'atteignaient droit au cœur. Ce soir-là, elles vinrent d'Henri Jacob-Rick. Pendant le débat qui suivait la conférence, il s'offusqua du portrait idéaliste que l'orateur avait fait de Léon Blum. Puis il tourna la tête vers René, en le fixant droit dans les yeux. « Si nous sommes ici présents, ici enfermés, ici contraints à mourir de faim et de froid, croyez-moi, nous devons beaucoup à votre frère de nous trouver là », lui assena-t-il. René n'eut pas le temps de répondre. Un homme assis à ses côtés se leva d'un bond. « Comment osez-vous ? Comment osez-vous affirmer cela ? Regardez autour de vous. Que voyez-vous ? Ce sont des hommes que vous voyez ? Non, ce ne sont plus des hommes, car depuis deux mois les gens qui dirigent ce camp nous traitent comme des sous-hommes, ce que nous sommes devenus. Nous portons les mêmes vêtements tous les jours, nous surveillons l'assiette de soupe de l'autre avec jalousie lorsque, dans celle-ci, flotte un bout de pomme de terre. Allons bon ! Nous boitons à cause des engelures. Nous mourons de faim. Comment pouvez-vous penser que c'est le gouvernement de Léon Blum ou de Daladier ou de je ne sais quel autre homme politique qui a pu provoquer ça... Ce que vous voyez là, c'est l'ignorance des hommes. C'est l'inconscience des êtres. C'est l'inconséquence des esprits. Ce n'est pas autre chose. N'essayez pas de trouver des raisons ailleurs. Elles n'existent pas. » L'homme se rassit dans un silence de plomb.

En se couchant René se sentait fautif de quelque chose dont il n'était pas responsable, ni lui ni aucun des autres hommes internés. Pourtant, il ne pouvait s'empêcher de ressentir cette lourde responsabilité que son nom lui avait donnée, celle d'avoir marqué l'histoire.

René ne partageait pas les idées de son frère, ni son histoire politique. Son histoire à lui, c'était celle de la création artistique et littéraire. À soixante-trois ans, René avait été le témoin de l'évolution des mentalités, poussée par l'énergie et le bouillonnement d'une jeunesse créatrice. Il était fier d'avoir contribué à l'émancipation des arts, d'avoir pu donner la possibilité à « ses artistes », comme il aimait les appeler, de créer, d'outrepasser les codes, de surmonter les normes. Sur sa paillasse, il plongea dans ses souvenirs. Il pensa à toutes les années qu'il n'avait pas vues passer. Sa détention avait peut-être le seul avantage de lui donner l'occasion de réfléchir sur ce que furent sa vie et ses choix.

René avait toujours été le genre d'homme à courir après le temps. Il était partout et nulle part à la fois. Assis dans le noir, il songeait aux années passées sans les voir. Sa passion pour les arts avait été entière, parfois trop, et les jours manquaient pour tout voir. Il avait laissé les horloges sonner, les aiguilles tourner les pages de sa propre histoire. Sa passion l'emporta, au détriment de sa vie.

28 novembre 1918

Comme tous les matins, le clairon réveillait les membres du dortoir. Le même rythme, le même air. René aimait la musique. Pas celle-ci. Le pas lourd, la démarche traînante, lui et ses camarades s'étaient levés pour l'obligation faite à tous les prisonniers d'aller entendre l'hymne national allemand. René avait revêtu avec peine son uniforme. Le matin n'était pas le moment de la journée qu'il préférait. Son dernier bouton attaché, il enfila sa casquette et se dirigea dans la cour où les autres soldats de la prison s'étaient déjà rassemblés. La partition de Joseph Haydn résonnait dans les oreilles encore endormies des soldats. Après la cérémonie de l'hymne, les soldats se dirigèrent vers le comptoir où l'eau chaude était distribuée. Une boule de pain accompagnait la boisson. Kenneth donna son eau à René en vociférant, avec son accent presque incompréhensible de l'Essex. « De l'eau chaude le matin, ça ne désaltère pas et ça fait pisser », se plaignait-il. Le régime alimentaire imposé n'était pas bon mais René s'en contentait. La chaleur était agréable au corps.

Chaque jour le programme était similaire. Après l'hymne, l'hygiène corporelle. Mais le filet d'eau du robinet était à peine suffisant pour se débarbouiller le visage. Se savonner le corps devenait un exercice éprouvant. Puis c'était l'attente. La journée se limitait à cela. Attendre le déjeuner, attendre le souper, attendre le sommeil.

Les codétenus de René étaient, pour la plupart, des Britanniques. Ils ne parlaient que de bière et de filles. Pour le reste, les conversations n'en faisaient pas état. L'art, par exemple, était inexistant. René avait l'habitude. Depuis bientôt quatre ans, il vivait au milieu d'hommes qui ne lui ressemblaient pas. Mais il n'avait pas le choix. C'était la guerre.

Les détenus venaient de Manchester ou de Leeds, rarement de Londres. René avait été fait prisonnier en leur présence. Depuis le début de la guerre, il était traducteur dans le 19e escadron du train. C'était généralement ici qu'étaient affectés les engagés volontaires de plus de trente-cinq ans. C'était son cas. L'aisance de René pour les langues l'avait naturellement conduit à devenir l'interprète en anglais de l'état-major de son régiment. Son travail quotidien consistait dans la traduction des notes de coordination logistique. L'unité de René avait été envoyée sur le front du Nord, aux alentours d'Amiens. Il avait également eu la charge d'accompagner les soldats anglais à travers le territoire de manière à faciliter le contact avec les populations locales et assurer la communication entre les états-majors. Amiens, Rouen, Le Havre, René découvrait des villes qu'il n'avait jamais vues, en même temps que les soldats britanniques qui s'émerveillaient devant la beauté des paysages, ces vallées vertes aux courbes délicates, les forêts normandes à perte de vue. Les troupes anglaises y avaient été massées et combattaient courageusement l'ennemi dans la zone.

Les hommes du régiment du train n'étaient généralement pas les plus exposés aux violences de la guerre. Ils avaient en charge l'acheminement des soldats et l'approvisionnement des vivres dans les zones de combat. Mais ils étaient souvent la cible des bombardements ennemis. René se souvint avoir vu plusieurs fois la mort devant ses yeux. Il avait failli perdre la vie à plusieurs reprises. En tant qu'interprète, il était amené à se rapprocher des zones sensibles. Son arrestation par exemple avait eu lieu alors qu'il échangeait avec des soldats britanniques. La zone venait d'être reprise par les Allemands et René négociait le rapatriement du matériel. Les soldats ennemis avaient surgi du flanc ouest. Ils avaient pris tous les hommes.

René avait toujours eu le don des langues. Son séjour en Angleterre, très jeune, lui avait été très bénéfique. Il avait réussi à conserver un anglais correct dont il était fier, surtout devant Léon qui n'en parlait pas un mot. Pendant les heures d'attente auxquelles il était astreint avant ou après les négociations, il s'était pris d'amitié pour certains, comme James, un Anglais de Bristol qui n'avait jamais mis les pieds à Londres. James était cordonnier. Avec une aiguille et pour quelques cigarettes, il reprisait les bottes des soldats de son unité. James et René avaient eu le temps de partager bien des souvenirs de la vie de l'un et de l'autre. James, par exemple, était stupéfait de la vie que menait René, faite de sorties au théâtre, concerts, salons et rencontres. Sa vie à lui était l'atelier de son père, sa fiancée, Jenny, et les matchs de football au stade. Et puis, parfois, quelques soirées au pub. James posait à René un tas de questions, émerveillé que son cerveau puisse retenir autant de choses. René aimait parler avec James, il n'était pas comme les autres. Il s'intéressait à tout, à la France, à la manière dont les chaussures françaises étaient fabriquées, à la qualité des lignes de chemin de fer françaises, à l'origine étymologique du mot « bonjour », questions auxquelles René n'avait, pour la plupart, aucune réponse. À quarante ans, René s'était pris d'affection pour ce jeune soldat d'une vingtaine d'années. Il aimait retrouver sa bouille ronde chaque fois qu'une mission de traduction le conduisait dans son unité. Sa mort fut d'autant plus douloureuse. Lors d'une attaque, James fut touché par une balle en plein cœur.

La justice n'existait plus dans la guerre. Elle avait été profondément enfouie dans la terre avec les premiers morts. À la surface, seul le régime de la survie régnait. Des jeunesses comme celle de James, la guerre en prenait plusieurs centaines chaque jour, parfois moins, parfois plus. James était un soldat comme un autre, un mort pour la patrie comme un autre. Dans une guerre trop longue, qui avait emporté trop d'hommes.

René ne s'habitua jamais à cette sinistre réalité. Le visage de James resterait gravé longtemps dans sa mémoire. Ce visage souriant et interrogateur. James était un garçon courageux même s'il avait peur. Comme tous les autres hommes dans cette guerre, il craignait de perdre la vie, de ne jamais retrouver la liberté qu'on lui promettait, de ne jamais revivre la légèreté qu'on lui faisait espérer.

Courage et peur sont presque toujours liés. Avec la peur vient le courage. René le savait. Sa croix de guerre, il la devait à la peur. C'était au tout début de 1918. La bataille de la Somme faisait rage. Son unité avait été envoyée au plus près des zones de combat, à Amiens. Pendant plusieurs jours René et ses camarades furent affectés à l'approvisionnement des lignes d'attaque. Le territoire était à feu et à sang. Après quelques jours stationnés dans la ville, ils furent envoyés à Corbie, à une vingtaine de kilomètres. Lorsqu'ils y entrèrent, la ville était enveloppée d'une épaisse poussière, rougie par les incendies. Plus rien n'était reconnaissable, une bonne partie des bâtiments avaient fait l'objet de tirs d'obus, l'abbatiale comprise. Son toit était en flammes, une épaisse fumée noire en sortait. Malgré cela, René avait eu le courage d'y entrer pour en extraire les quelques œuvres que le feu n'avait pas attaquées. Il risqua sa vie, dans cette église au bord de l'effondrement, pour sortir les lourdes statues, les reliques et les peintures qu'hébergeait l'édifice religieux. Il le fit avec d'autres qui, comme lui, étaient convaincus de l'importance de sauver ces objets, si importants aux yeux des croyants et si précieux pour le patrimoine. René et ses camarades n'avaient pas reçu d'ordre pour entrer dans l'abbatiale, mais ils n'avaient pas hésité une seule seconde. La peur était pourtant présente. Dans chacun de leurs mouvements.

Les soldats qui sauvèrent les œuvres des flammes n'étaient pas forcément catholiques, ni même croyants, mais peu importait. La France était un tout. Les églises en faisaient partie. Leurs reliques aussi. Depuis le début de la guerre, René avait vu tant d'ouvrages détruits, tant d'objets réduits à néant. Son devoir de soldat était celui-ci aussi, sauver la mémoire de sa patrie.

Dans la prison, les hommes pouvaient recevoir leur courrier. L'une des seules activités était d'ailleurs de répondre aux correspondances. René avait pu recevoir du papier et des stylos de la part de son frère Léon. Il pouvait écrire jusqu'à une quinzaine de lettres par jour. Tout l'argent que sa famille lui faisait parvenir, il le consacrait aux échanges avec ses amis et sa famille. Les nouvelles de Paris étaient rassurantes. Tous ses frères étaient sains et saufs. L'armistice avait été signé mais René et ses camarades tardaient à être libérés et démobilisés. Ils se sentaient oubliés dans ces affreuses geôles allemandes.

À Paris, la vie presque normale avait repris son cours. Les cabarets refaisaient le plein, les bistrots redevenaient animés, la vie se réinstallait après tant d'années de douleurs et de larmes. Les rues se repeuplaient. Les lettres qu'il recevait faisaient part d'un sentiment étrange dans la ville, entre allégresse de la victoire et désenchantement de la réalité. De nouveaux Parisiens fréquentaient les rues de la capitale, dormant aux abords des ponts de la ville. Ils étaient pauvres, sans repères, comme des délaissés, des hommes qui avaient non pas perdu la vie mais leur vie. Les poilus affluaient vers la capitale et se confrontaient au triste accueil des vainqueurs. Le retour était dans la tête de tous. En détention, les camarades de René ressentaient de la peur à l'idée des retrouvailles avec leurs proches, après des années d'absence. Ils appréhendaient leur retour au sein de familles qui avaient appris à vivre sans eux. Ce sentiment n'était pas étranger à René.

Son journal, *Gil Blas*, avait été fermé peu après le début de la guerre. Pendant ses années au front, il avait longuement réfléchi à l'après. Il ne savait pas quand ce moment allait arriver mais il y pensait. Il n'avait pas foncièrement l'envie de reprendre sa vie de secrétaire général. Le rôle de critique de spectacles ne l'attirait plus non plus. Il n'en avait plus le désir. La guerre lui avait fait prendre conscience de la fragilité de la vie et de l'importance des choix. Et son choix était d'accompagner les artistes, les auteurs. Durant ces dernières années, il avait vécu les ravages de la guerre, ceux des bombardements et des destructions. En quelques heures pouvait être détruit ce que des hommes avaient mis des siècles à construire. Avec la fin de la guerre, l'art allait franchir une nouvelle étape. René en était convaincu. Il voulait y prendre part. Agir. Pourquoi pas avec la littérature ? Par exemple en tant qu'éditeur. René avait toujours eu la passion des livres, des beaux livres en particulier. Bernard Grasset était un ami. Peut-être pourraient-ils travailler ensemble ? Leur relation s'était un peu altérée récemment à la suite de l'affaire Proust.

Le dernier échange qu'il eut avec Bernard Grasset datait de juillet 1918, par courrier, au sujet de Marcel Proust. René avait connu l'auteur des années auparavant, par l'intermédiaire du prince Antoine Bibesco, un camarade de classe. René et Marcel s'étaient longtemps croisés sans réellement avoir eu le temps de s'apprécier. Pourtant c'est vers René que Marcel Proust se tourna pour faire éditer *Du côté de chez Swann*. Marcel avait essuyé de nombreux refus pour l'édition de son livre. Il s'adressa alors à René en désespoir de cause pour convaincre Grasset de publier à compte d'auteur son deuxième roman, premier opus d'une longue lignée.

De guerre lasse, Marcel s'était résolu à faire publier par ses propres moyens le long ouvrage. La taille du roman avait rebuté plus d'un éditeur. Les romans épais ne plaisaient plus. Le public cherchait désormais des publications courtes, rythmées. Tout ce que n'était pas le livre de Marcel. C'était en 1913. René avait accepté de prendre le rôle d'intermédiaire. Il avait contacté Bernard Grasset pour l'aider à faire publier son livre. À cette occasion, il découvrit ce personnage qu'était Marcel Proust. René fut fasciné par la manière dont l'auteur évoquait son roman, tel un écueil de la vie, une frise panthéonique du monde contemporain.

René n'avait alors pas lu le manuscrit de Marcel Proust. Il le découvrit dans l'appartement de l'auteur, boulevard Haussmann, où ce dernier recevait, toujours très tardivement, ses invités. Marcel l'avait convié à des lectures. René prit conscience de la profondeur et de la complexité intellectuelle de Proust. Jamais il n'avait eu, jusqu'à présent, l'occasion de lire un roman de la sorte. Proust construisait ses phrases comme un artiste pouvait peindre. Avec délicatesse, avec élégance, avec une recherche esthétique puissante. René s'était emparé du roman de Marcel Proust, il y avait consacré quelques rubriques dans son journal. Bien sûr et comme à son habitude Marcel Proust n'était jamais assez satisfait. Il voulait lui-même en écrire les critiques. À la surprise de Bernard Grasset et contre toute attente, le livre se vendit très bien. L'ouvrage devint introuvable. Les imprimeries reçurent de nouvelles commandes. Dans tout Paris, le roman de Marcel Proust avait fait des émules. Pour Bernard Grasset, il n'était plus question de publier Proust à compte d'auteur. Il lui proposa un nouveau contrat, rémunéré cette fois-ci. Mais Gallimard, avec son prestige et sa force de persuasion, sonna le glas de la relation commerciale entre Marcel Proust et Bernard Grasset.

Trois ans après, Proust fit de nouveau appel à René, cette fois-ci pour organiser le divorce. René assura l'intermédiation entre les deux hommes, tous deux touchés par la maladie, le premier confiné dans son appartement parisien, le second en convalescence dans un sanatorium suisse. René s'acquitta de sa tâche en pleine guerre. Sur le front, il écrivait à Grasset puis à Proust, arrondissant les angles, trouvant des subterfuges. René consacra même l'une de ses permissions à ce divorce, en allant jusqu'à l'appartement de Marcel pour atténuer son mécontentement envers un Bernard Grasset lui aussi furieux. Finalement l'éditeur accepta, non sans mal, de voir partir l'auteur.

En septembre 1918, Grasset et Gallimard trouvèrent un arrangement économique définitif. Proust vint rejoindre les rangs des auteurs des Éditions de la Nouvelle Revue française sous la direction littéraire d'André Gide. René avait aimé ce rôle d'intermédiaire. Il s'était battu pour convaincre Grasset de publier le livre de Proust, même à compte d'auteur. Cette publication lui était apparue comme une victoire.

Pour tous les hommes, la fin de la guerre allait bousculer le quotidien. Chacun d'eux venait de passer près de quatre années au front. Dans une vie miséreuse. Mais l'espoir reprenait. Le commencement d'une autre vie s'amorçait. Joyeuse, puissante, libre. René n'était pas fier d'avoir fait la guerre. Il avait accompli son devoir. Mais cette expérience lui avait appris l'importance de la vie, sa fragilité aussi. Les leçons l'avaient incité à prendre un nouveau départ.

19 mars 1942

« *RENÉ BLUM.* »

À l'écoute de son nom, René faillit s'écrouler. De joie, de fatigue, de faim. L'officier allemand égrenait les noms et prénoms de la liste qu'il tenait entre ses mains. Au fil des pages, les noms étaient énoncés, les uns après les autres jusqu'au dernier. L'espoir ou le désespoir se traduisait dans le regard de chacun des hommes présents dans cette cour. L'espoir d'une libération prochaine. Le désespoir de demeurer en détention.

René, lui, avait été appelé. Il pouvait entrevoir un avenir, revoir son fils et Josette. Et ses frères aussi. Il irait voir Léon. Il lui apporterait de la force et de l'espoir pour tenir. Il en était sûr, Léon allait être libéré. René était resté debout dans cette cour qui se vidait et qu'il avait parcourue tant de fois durant ses trois mois de détention. Avec le printemps, l'endroit devenait différent. Les cimes verdoyantes des arbres apportaient un certain apaisement.

Légèrement courbé, René marcha à petits pas pour regagner son dortoir. C'était la première fois qu'il remarchait depuis presque trois semaines. Il avait jusque-là été exempté de se présenter à l'appel. Cette dispense exceptionnelle était accordée aux malades et aux blessés reconnus comme tels par le médecin allemand du camp. Sur le mois de mars, presque la moitié des internés étaient dispensés d'appel. Les hommes étaient si faibles qu'ils s'écroulaient les uns après les autres. Les coups de botte des Allemands ne servaient plus à rien. Les corps restaient allongés, presque sans vie. Les ventres étaient gonflés, et les figures dangereusement amaigries.

Les hommes étaient arrivés au bout de leurs réserves vitales après trois mois de détention. C'était suffisant pour détruire un homme et le marquer à jamais. René avait perdu ses forces. Ses pieds étaient couverts de plaies. Se chausser lui était devenu impossible. Toute la journée il restait couché. La faim lui avait ôté toute force. Il passait l'essentiel de son temps à dormir. À peine réveillé, il ressentait déjà une immense fatigue. Certains jours, il passait même l'heure de la soupe. C'était pourtant le seul repas de la journée. René n'avait plus la force de s'y rendre.

Fort heureusement, une solidarité s'était nouée entre les internés. Les jeunes du camp, malgré leur propre épuisement, se relayaient pour apporter aux plus fragiles leur soupe. Ils sauvèrent ainsi bon nombre d'hommes que la faim et l'absence de perspectives auraient sans doute emportés. Alors, lorsque l'annonce fut faite par les autorités allemandes d'une libération prochaine des prisonniers de plus de cinquante-cinq ans, la nouvelle avait été accueillie avec un espoir que chacun pensait définitivement éteint.

Les hommes concernés s'étaient empressés de préparer leur valise. Ils avaient fait don de leurs biens les plus précieux, durement acquis et soigneusement conservés. Quelques biscuits, des chaussettes reprisées, des couvertures chaudes. On prodiguait des conseils sur la manière d'utiliser les affaires léguées. On se sentait déjà libéré, ailleurs, au-delà. On rassurait les plus jeunes. Leur tour viendrait. Il n'y avait pas de raison. On se réconciliait également. La faim avait amené beaucoup de disputes dans la vie du camp. Les esprits étaient à vif.

Le camp des Juifs était le plus hétérogène. Y cohabitaient Français et étrangers, vieux et jeunes, ouvriers et patrons, religieux et laïques. Après trois mois, les préjugés du début s'estompaient. Physiquement déjà. Les premières semaines de détention, les complets trois pièces des uns juraient avec les bleus de travail des autres. Les chaussures cirées, les feutres impeccables différaient des grosses bottes de travail et des casquettes des ouvriers. Après trois mois, plus grand-chose ne différenciait les hommes. Une épaisse barbe rongeait les visages, les chaussures étaient recouvertes d'une épaisse couche de boue, les vestes étaient déchirées. Il s'agissait désormais d'une armée d'ombres qui se tenait là. Homogène dans la misère humaine qu'elle représentait.

Les mentalités avaient également évolué. Au début, les amitiés s'étaient scindées en deux parties. Les Français et les autres. Les premiers ne manquaient jamais une occasion d'exprimer du mépris à l'égard des seconds. Qu'y avait-il de commun entre eux ? À peine une confession dont la pratique et les rites étaient si éloignés qu'elle n'en paraissait que différente. Ce genre de discours était la preuve que la bêtise n'avait pas été laissée à la porte du camp. Mais devant la faim et le froid, les hommes devenaient égaux. La barrière sociale avait cédé. Une autre demeurait, renforcée par des mois de captivité. La condition juive.

Parmi les souvenirs de disputes, il en est une qui marqua profondément René. Elle avait éclaté dans la cour, à une époque où il pouvait encore marcher et prendre l'air, entre le jeune Mayer Goldenberg et Henri Jacob-Rick. Pendant une promenade, René avait remarqué qu'un regroupement s'était formé. En s'approchant, il vit alors, au milieu, les deux hommes se faire face. Derrière eux, on pouvait discerner de manière visible les soutiens de l'un et de l'autre. L'échange venait visiblement tout juste de commencer lorsque René entendit la première phrase de Mayer Goldenberg : « Être juif, c'est une nationalité, nous ne sommes pas soit français, soit allemands, italiens ou roumains, nous sommes juifs uniquement. » La famille de Mayer avait fui la Pologne pour trouver refuge dans une France où l'espoir était de nouveau permis. Celui de pouvoir observer son culte. Mayer avait grandi dans le dix-neuvième arrondissement de Paris, proche des abattoirs. Sa famille était tombée amoureuse de la Ville Lumière. De la légèreté de la vie, de la liberté qui y régnait. À tout juste trente ans, Mayer avait déjà eu l'occasion d'exercer plusieurs métiers. Avant d'être arrêté, il était coursier pour une compagnie d'assurances. Il était chargé de porter les plis chez les courtiers. Il pouvait ainsi découvrir la ville sur le vélo qui avait été mis à sa disposition.

À l'approche de la guerre, le climat de la capitale avait changé. Les Français devenaient suspicieux envers les étrangers. Les Goldenberg avaient fait ce qu'ils avaient alors toujours fait : ne compter que sur eux. Ils s'étaient recroquevillés dans leur cocon familial, priant leur dieu. Les Goldenberg croyaient dans la France, un pays exempt d'une haine profonde des Juifs. Ils pensaient que cette haine était restée là-bas, à l'Est. Les Français n'avaient-ils pas élu un Juif à la tête de la France en mai 1936 ? C'était il y a seulement cinq ans. Et aujourd'hui ? Mayer avait été arrêté parce que juif. « Ne serons-nous jamais en paix ? Jamais libérés de la haine des autres ? » criait-il. Cette haine dépassait le jeune homme. Il ne l'avait jamais comprise mais devait vivre avec.

Henri Jacob-Rick, lui, ne comprenait pas le point de vue de Mayer. Il ne comprenait pas qu'une religion puisse être érigée en nationalité. Et l'inclure lui dans cette nationalité. Il était français, un point c'est tout. Son pays c'était la France. Sa religion lui avait été transmise par ses parents comme un héritage. Il avait été élevé dans un milieu laïc dans lequel la religion devait rester à sa place. Henri y demeurait toutefois attaché et s'était marié à une femme de la même confession. Il était plus simple de se marier avec quelqu'un qui partageait les mêmes traditions.

Henri avait toujours connu l'antisémitisme. Il n'était pas aveugle, il savait que la haine des Juifs, même en France, existait. Mais cette haine était manifestée essentiellement par des radicaux qui n'avaient pas voix au chapitre dans le pays. Des individus isolés souvent. Bien sûr il y avait eu l'affaire Dreyfus. C'était une injustice, certes, mais elle était politique. Lui-même avait longtemps été antidreyfusard. « Il ne fallait pas déstabiliser l'armée à un moment où la guerre était si proche », disait-il, et tant pis si la vie d'un homme s'en trouvait sacrifiée. Par la suite, il changea d'avis et devint favorable à une réhabilitation du capitaine bafoué. La France lui avait tout donné, à lui et à sa famille. Il n'avait pas eu à se plaindre de son pays. Il en voulait en revanche beaucoup plus à Léon Blum de n'avoir rien fait pour préparer le pays à la guerre, s'occupant plus de donner des vacances que de préparer sa défense. La vraie responsabilité incombait à Léon Blum et à toute sa clique. Les socialistes avaient mis dans la tête des Français des valeurs de dilettantisme. Pendant ce temps, les Allemands étaient au travail, se préparant à attaquer. « Voilà aujourd'hui le résultat », affirmait-il avec conviction.

« Penser que les Juifs puissent à eux seuls former un pays était une hérésie venant de jeunes esprits sans expérience et ignorants », rétorqua fermement Henri à l'intention de Mayer. Pour lui, la construction d'une nation ne tenait pas à une religion mais à une idée. Henri ne se sentait pas juif mais français. « Mais qu'est-ce que vous faites là alors ? Ici avec nous, les étrangers ? Vous, les Français, vous croyez être plus intelligents que tous. Votre gouvernement vous a abandonnés aux nazis et vous mourrez comme nous ici. Et vous pensez que vous mourrez comment ? En Juifs ou en français ? » lança d'une traite Mayer Goldenberg. Il n'arrivait pas à contenir sa colère face à l'incrédulité de ce vieil Alsacien bougon et méprisant. Henri ne se laissa pas abattre par la saillie de Mayer : « Je suis ici car ce bandit d'Hitler fait de notre religion une race à laquelle il a voué toute sa haine. Pour nous, Français, ce n'est qu'une religion. »

À la fin de la phrase d'Henri, Mayer sourit et redressa ses épaules. « Vous ne connaissez sans doute pas Theodor Herzl, je présume. Je le vois à votre visage. Il vous est inconnu. Il était pourtant comme vous au début. Il vivait une vie bourgeoise, bien ancrée dans son milieu intellectuel. Il pensait aussi appartenir aux pays dans lesquels il vivait, l'Autriche, la France. Et puis il a ouvert les yeux, il a vu que jamais nous ne serions des leurs. Nous sommes le peuple élu. Un peuple voué à recevoir la haine de ceux qui n'accepteront jamais notre reconnaissance comme telle. » Cette dernière phrase de Mayer laissa place à un silence de quelques secondes. René tourna la tête vers Henri. Le vieil homme regarda dans les yeux son interlocuteur et insista : « Mon pays c'est la France. Tous mes ancêtres y sont nés. Et ce qui est fait ici sera jugé ! Croyez-moi, la situation ne restera pas impunie. Je crois dans la justice de mon pays. » Le sourire du jeune Goldenberg était resté figé sur son visage. Il continua de fixer Henri puis détacha son regard et tourna les talons. Henri avait pris cette réaction comme une victoire. Il avait tort. Les jeunes Juifs du camp ne juraient que par ce Herzl. De ce rêve impossible d'un territoire juif, peuplé de Juifs. Si pour Henri, René et les autres Français bien nés la Terre promise n'était qu'un fantasme littéraire, pour les jeunes hommes du camp elle constituait désormais le dernier espoir. Leurs familles avaient, pour la plupart, passé leur temps à fuir les violences et à cacher leur identité. La France constituait à leurs yeux le dernier rempart. La guerre le brisa. La déception était immense pour eux. René ne pouvait que le comprendre. Il ne pouvait que l'accepter. Pour lui, ce n'était pas la France qui commettait les crimes dont ils étaient les victimes mais c'était en France. La confusion était compréhensible. Le trouble était légitime.

Le séjour de René en détention lui avait permis de découvrir une autre manière d'être juif. Il avait toujours vu sa religion comme un héritage. Il ne la pratiquait pas vraiment. Il suivait simplement quelques traditions. Il découvrit au contact des autres que la religion juive pouvait être une identité. Un prisme dans lequel se mêlent tradition, culture et spiritualité.

Le yiddish en était une part. Cette langue aux intonations germaniques portait les stigmates de la souffrance multiséculaire d'un peuple. Dans les chants, entonnés par certains internés le soir, en guise de veillée, René parvenait à ressentir toute l'injustice d'une haine qui ne portait pas de visage, seulement de l'ignorance. En regardant les visages amaigris de ces hommes fredonnant les Psaumes, il se demandait parfois comment pouvait naître une haine si féroce. Ces Juifs-là en étaient pourtant victimes depuis leur naissance, elle les recouvrait presque comme une seconde peau. Israël n'était pas un fantasme mais un salut. Ils y croyaient puisqu'ils ne pouvaient plus croire en rien d'autre, même plus en la France.

Tenir, juste tenir. La fin était proche. Debout, présent dans les rangs, René écoutait les médecins édicter les recommandations sanitaires après trois mois de privations.

« Manger progressivement. » « Pas de viande. » « Pas de vin. » « Pas d'alcool en général. » « Des laitages. » Le discours termina par un « Adieu et bonne chance ! » proféré comme un banal au revoir. L'assemblée applaudit. En tournant sa tête à droite, René vit Pierre Masse rester stoïque. Depuis quelques jours, l'ancien secrétaire d'État était silencieux. Il ne partageait pas avec les autres camarades l'engouement général. La veille, il s'était un peu plus épanché. « Trois solutions : la première, on nous libère – les boches sont dédouanés de l'horreur qu'ils nous ont fait vivre pendant trois mois ; la deuxième, on nous libère – grâce à l'action de Vichy, ces collabos passent pour des héros et ça nous relègue au rôle de victimes qui doivent la fermer ; la troisième... cette mascarade vise à nous briser une nouvelle fois. À nous enlever le peu de force morale qu'il nous reste, à nous dessaisir du seul espoir qui nous guide désormais, la libération. » Pierre était un homme pragmatique. Son discours avait fait longuement réfléchir René. « Avait-il raison ? »

René avait vécu avec une immense difficulté ces trois mois. Il avait toujours refusé d'aller à l'infirmerie, d'avoir le moindre traitement de faveur. L'honneur de son nom était en jeu. Les Blum devaient montrer l'exemple. Il ne voulait pas donner à quelques mauvaises langues les moyens d'attaquer son frère, sa famille. Pourtant il venait tout juste d'avoir soixante-quatre ans. L'un des doyens du camp. Il avait été profondément affecté du départ de Jean-Jacques Bernard. Son compagnon avait été très affaibli par le manque de nourriture. Interné dans l'infirmerie, son état continuait de s'aggraver. Il fut finalement relâché. Il put rentrer au sein de sa famille. René en fut aussi heureux que s'il s'agissait de sa propre libération. Si les liens entre les deux hommes étaient déjà solides, l'exercice d'une période aussi difficile que la vie au camp les avait définitivement renforcés. Ils étaient désormais comme des frères. Ils avaient tenu ensemble.

Les premiers jours sans lui furent très difficiles moralement. Mais aussi physiquement. Les œdèmes formés sur ses pieds étaient revenus, lui faisant souffrir le martyre. La douleur l'empêchait de se lever. René était devenu très faible. Ses camarades s'inquiétaient pour lui, lui enjoignant de rejoindre l'infirmerie. Mais son refus était catégorique. Au camp, on louait le courage de « Monsieur Blum ». Personne n'y était indifférent. Il n'y eut jamais une plainte de sa part. Ses gémissements de douleur étaient silencieux. Tout le monde regardait ce vieil homme plein de dignité s'enquérir de la santé des plus jeunes comme si la sienne était intacte.

Depuis quelques semaines, à Compiègne, des rumeurs de libération se faisaient entendre. Selon les bruits qui parvenaient jusqu'aux oreilles de René, la femme d'un prisonnier aurait sollicité un rendez-vous avec le commandant du camp qui lui aurait confirmé que les hommes de plus de cinquante-cinq ans allaient être libérés très prochainement. La nouvelle avait vite fait le tour des internés, alimentant pendant des jours toutes les conversations. On n'avait pas vu une telle vigueur dans les échanges depuis le temps des conférences. Ces dernières s'étaient arrêtées depuis quelques semaines. Le peu de force qui restait aux hommes devait être conservé précieusement. Il s'agissait d'une question de survie.

Le cortège commença à avancer progressivement, lentement, à la seule allure qui pouvait être tenue par les prisonniers. René imita ses camarades, saluant une dernière fois les plus jeunes, laissés dans les entrailles du monstre. Ils traversèrent le camp, passant devant les mines mélancoliques des autres prisonniers, les communistes et les Russes. Ils avaient été des alliés fidèles dans le camp, souvent prêts à risquer leur vie pour faire passer colis et autres objets. Ils connaissaient les conditions de vie des Juifs. Mais en les voyant là, regroupés, leurs visages émaciés, leurs vêtements en loques, ils prenaient conscience du traitement qui leur avait été infligé, celle d'une mort lente.

Ils arrivèrent à la barrière, encadrée par deux miradors du haut desquels des soldats pointaient une mitrailleuse sur René et ses camarades. Au-dehors, des familles attendaient déjà, faisant des signes aux internés, tempérés par l'appréhension de retrouver des hommes physiquement différents. René n'avait pas souhaité la présence de Josette et Minouchou pour l'accueillir. Il préférait les retrouver à Paris, dans leur appartement. Il voulait d'abord rentrer chez lui, se laver, se raser convenablement, se changer, prendre le temps de redevenir l'homme qu'il était. Il le leur avait demandé comme une faveur. Le rendez-vous était pris pour le déjeuner du lendemain.

Depuis leur séparation, Josette vivait dans un appartement du dix-septième arrondissement, près de l'avenue de Villiers, et Minouchou séjournait entre le domicile de son père et celui de sa mère, parfois autre part. René ne lui posait pas de questions, c'était bientôt un homme, il était responsable de ses choix. Claude-René avait toujours été un enfant difficile. Dans la famille Blum, on reprochait souvent à René sa passivité dans l'éducation de son fils. Ce dernier pouvait se montrer insolent. L'éducation du petit avait été mouvementée. Le mal-être de Josette, ses dépressions chroniques n'aidèrent pas. René éleva son Minouchou comme il dirigeait ses danseurs. Jamais assez ferme, toujours trop absent. Il avait chargé son secrétaire de veiller sur son fils. Petit, Claude-René accompagnait son père dans les tournées internationales de sa compagnie. Il faisait la joie des danseuses en manque de maternité. Mais, René le savait, ce n'était pas la place d'un enfant.

La barrière n'était toujours pas levée. Le triste cortège des captifs s'était massé autour. À coups de crosse et de botte, les Allemands les poussèrent vers une haute porte en bois. Deux soldats allemands entreprirent alors de l'ouvrir. Derrière se tenaient une centaine de gendarmes. Les militaires français attendaient à pied. Entre leurs mains, ils tenaient des menottes. Les soldats allemands devinrent hilares à la vue des visages couverts de larmes de certains des prisonniers. Ils avaient réussi leur coup. La mise en scène avait été parfaitement orchestrée pour faire croire à ces hommes une libération. Les gendarmes les attachèrent deux par deux, comme de vulgaires criminels. Les détenus restèrent stoïques et dignes dans la douleur. Aucun mot. Aucun geste. Seul Roger Masse ne put contenir sa colère. Les mains crispées, il s'avança vers un officier plus en retrait : « Savez-vous à qui vous faites mettre les menottes ? Je suis colonel de l'armée française ! » La réponse fut aussi brève que glaçante de la part du gendarme : « J'ai reçu des ordres, je dois les exécuter. » C'étaient des militaires français qui passaient les menottes à René et ses camarades. Roger Masse n'avait pas pu le supporter. Il avait supporté la faim, les coups de botte, les humiliations. Mais la participation de militaires français à cette infamie, c'en était trop. Sa colère passée, il resta silencieux, terriblement silencieux. Son regard s'était baissé. Ses yeux étaient vides. Une fois entravés, les hommes furent dirigés vers la sortie du camp. Une fine pluie avait commencé à tomber.

On entendit le hurlement d'une femme. Un seul cri. Déchirant. Un témoignage de désespoir, traduisant le supplice de la séparation. Une nouvelle fois. Sans pouvoir les toucher. Les pleurs venaient de part et d'autre. Les hommes, les femmes, les enfants. Personne n'arrivait à les retenir. Au travers des larmes, on lisait le désespoir de continuer à vivre sans l'autre. Il n'y avait pas de vie sans l'autre. L'autre, c'était la vie.

La libération, tant attendue, n'aurait pas lieu. De nouveau, il y aurait l'incertitude de savoir où l'on allait les mener, dans quel nouvel enfer. Il y avait aussi la peur.

Les gendarmes établirent un cordon de sécurité afin d'empêcher les familles d'approcher. René avança sans réfléchir. Ses jambes fléchissaient. Il était vide de tout. Encore une fois. Autour de lui, tout devenait flou. En avançant, des hommes s'écroulaient, faisant tomber par la même occasion le camarade comenotté.

À leur arrivée à la gare, le personnel de la Croix-Rouge se précipita vers les prisonniers. Des vivres furent distribués. Les hommes bourraient leurs poches de tout ce qui leur tombait sous la main. Ils ouvraient les boîtes pour manger directement. Les gendarmes regardaient avec frayeur les détenus se goinfrer. Qu'était-il arrivé à ces hommes, aux revers de veste bardés de décorations, pour qu'ils agissent comme des mendiants ? Le tumulte continuait jusque dans la gare. Les familles avaient suivi. On criait, on pleurait. Peut-être était-ce la honte ou la culpabilité de suivre les ordres. Quoi qu'il en soit, quelques gendarmes avaient porté les valises des internés. Ils avaient aussi desserré les menottes. Les officiers avaient laissé faire. Sur le quai, des trains attendaient. Les prisonniers s'y engouffrèrent, deux par deux, toujours attachés l'un à l'autre. Puis les portes se fermèrent d'un coup. Le silence avait envahi le wagon. René enleva délicatement le papier qui entourait le chocolat qu'il avait récupéré à la gare et le mangea. Il mâchait lentement. Il avait suivi les instructions des médecins du camp. Le goût lui revenait, comme un réconfort. Il pensa à son fils. Comment allait-il le prévenir ? Et Josette ? Elle allait être si inquiète. Pourrait-il leur écrire ?

Les gouttes d'eau glissaient sur la vitre du train qui filait. Dans le wagon, les gendarmes avaient détaché les menottes des internés. Bien plus tard, lorsque l'on demanda aux militaires présents d'évoquer ce moment, c'est le silence que chacun d'eux décrivit. Un silence de mort. Comme si la vie et l'espoir avaient définitivement quitté ces hommes.

Le train fila. Il s'arrêta à la gare du Nord. Familles et amis étaient également présents, venus voir après trois longs mois les visages de ceux qui furent absents. D'autres gendarmes attendaient. Ils formaient, devant les proches, une ligne les empêchant d'approcher. Les prénoms fusaient. La cohue était totale. Les gendarmes escortèrent les détenus à travers la gare. Dehors, des bus attendaient. C'étaient des bus de la préfecture de police. Les hommes y montèrent un par un.

René s'était assis à côté de Georges Kohn. « Nous allons à Drancy », lui chuchota-t-il. Comment le savait-il ? René n'en avait pas la moindre idée. Il ne chercha pas à le questionner. Derrière la vitre, la pluie battait. À l'intérieur du bus, il faisait froid. Il faisait toujours froid.

9 décembre 1926

Le paysage défilait. Le soleil éblouissait les yeux des voyageurs. Dehors, l'étendue bleue n'avait pas de limite. La mer était si belle sous ce soleil d'hiver. De sa place, René arrivait à percevoir sa destination. Derrière l'alignement inégal de la côte, il aperçut le Rocher. Il surplombait de toute sa hauteur l'immensité de la mer dont les vagues venaient lécher sa paroi. Le train poursuivait lentement son chemin, en longeant la corniche et les étroits virages du pourtour. La gare n'était plus qu'à quelques kilomètres. René profitait de ses dernières minutes de calme, de ce soleil qu'il n'avait plus vu depuis près d'un mois, de la beauté offerte par cette nature si généreuse.

Il avait quitté Paris en début de soirée à bord du Calais-Méditerranée-Express, ce train confortable et luxueux reliant les deux bords du territoire français. La côte nord au départ, au bord de la Manche, où l'on trouvait les riches Anglais fuyant la pluie et la grisaille. Et la côte sud à l'arrivée, au bord de la Méditerranée, baignée de lumière. Le Train bleu, comme on l'appelait, pour la couleur qui recouvrait sa carlingue mais aussi pour les villes du pourtour méditerranéen français qu'il desservait, passait également par Paris. À la gare de Lyon, la masse de voyageurs sur le quai attendait avec impatience l'entrée en gare du train. Pour l'essentiel, il s'agissait de riches et vieux vacanciers. René devait être le seul voyageur à y partir pour travailler. Pourtant, on aurait pu le confondre avec les autres, avec sa valise à ses pieds, sa veste claire et son panama négligemment posé sur la tête. Il paraissait être, lui aussi, un riche vacancier prêt à passer les mois d'hiver au chaud.

René n'était plus tout jeune non plus. Il allait fêter son quarante-huitième anniversaire. Sous son air jovial et souriant, on percevait les marques de l'âge. La fatigue surtout. Au-delà de celle que lui avait causée ce dernier voyage, un aller-retour pour deux jours de présence à Paris, l'année qu'il venait de passer avait été éprouvante. Ses émotions avaient été mises à rude épreuve, oscillant entre bonheur, angoisse et désillusion.

Ce tourbillon dans sa vie avait un prénom, Josette, qu'elle s'était choisi en lieu et place de celui que lui avaient donné ses parents à sa naissance, Madeleine. Elle ne supportait plus ce prénom qui lui rappelait une existence qu'elle avait fuie. Toute sa vie Josette avait fui. Sa maison, sa famille. Elle avançait, déracinée, parfois un peu perdue, au gré des rencontres et des projets. Elle était venue comme cela à Monaco, une proposition de rôle pour une nouvelle pièce, commandée spécialement pour la principauté. Josette ne tenait pas le rôle principal. Elle avait obtenu l'un des seconds rôles. Elle avait travaillé comme une folle pour l'obtenir. Son tour viendrait pour les premiers rôles. Elle était encore jeune, seulement vingt-quatre ans. Les succès chez les acteurs de théâtre pouvaient être longs et laborieux. Il fallait attendre et travailler.

René avait pris la direction artistique du théâtre de Monte-Carlo depuis seulement quelques mois lorsqu'ils s'étaient rencontrés. C'était à la fin de l'année 1924. Il avait été recruté par Raoul Gunsbourg, indéboulonnable directeur du théâtre depuis plus de trente ans. Gunsbourg avait choisi René pour donner un nouvel élan à l'établissement. Il voulait un théâtre plus jeune, plus moderne, plus ouvert. La clientèle du casino avait soif de changement, le théâtre avait évolué. Depuis quelques années, la principauté n'attirait plus les nouveaux créateurs, les artistes à la mode à Paris. Raoul Gunsbourg se tourna alors vers René pour redynamiser la production. Celui-ci accepta presque sans réfléchir. Il rêvait depuis longtemps de diriger un théâtre. Jusque-là il s'était contenté de son rôle de critique mais il avait besoin d'action, de faire, de créer. René avait l'un des carnets d'adresses les mieux fournis de Paris. Il connaissait tout et tout le monde.

La direction artistique du théâtre de Monte-Carlo allait lui permettre de mettre à l'honneur de nouveaux auteurs, de nouvelles expériences. Raoul Gunsbourg lui avait donné carte blanche et un budget considérable pour faire de Monaco un lieu central dans le théâtre, où les nouveautés ont autant leur place que les classiques. Cette proposition tombait à point nommé pour René. D'abord professionnellement. Depuis la fin de la guerre, il s'était essayé à l'édition de livres d'art, mais le succès escompté n'avait pas été au rendez-vous. Cette proposition allait lui permettre de rebondir. C'était un nouveau défi pour lui, pour lequel il allait se donner corps et âme. Accepter ce poste signifiait également de quitter Paris. Une bonne partie de l'année, il allait être loin de sa famille et de ses amis. C'était un choix difficile de commencer quelque chose de nouveau ailleurs, dans une ville qu'il connaissait très mal. Mais Paris n'était plus la ville d'autrefois, elle déclinait. La Ville Lumière subissait les affres d'une crise économique lente et profonde, conséquence d'un après-guerre mal maîtrisé. La principauté était, au contraire, dans une ascension économique, accueillant chaque année de plus en plus de visiteurs. La Société des bains de mer, propriétaire du casino et du théâtre, souhaitait encourager cette croissance en faisant de Monaco un lieu de distraction global, jeux et arts associés.

René s'était lancé dans ce nouveau projet de vie avec la fougue d'un jeune homme. Depuis, Monaco était devenu son port d'attache. Il aimait ce soleil qui lui « réchauffait les os », comme il se plaisait à le dire. Cette vie facile, faite de beau. Beaux bâtiments, belles étoffes, belles femmes, belles voitures. La réalité était différente à Monaco, elle était épurée, dénuée de toute diversité, presque fausse. Mais il aimait cela, lui le frère du leader des socialistes. René n'était pas son frère. La politique était pour lui quelque chose d'étrange. Il n'avait pas vraiment d'opinion. Souvent, il pouvait être emporté par les idées de son frère, mais il était plus séduit par le verbe que par le fond. Le monde de René était voué à l'esthétisme, dans toutes ses formes. Le reste, il le laissait à ceux qui en avaient les convictions et les compétences, comme son frère.

Dans la principauté, les premiers mois avaient été difficiles pour René. Son quotidien était essentiellement fait de travail, entre les répétitions, l'organisation des représentations et l'administration des spectacles. Le soir, lorsqu'il rentrait après avoir assisté aux représentations, la fatigue l'emportait. C'est l'un de ces soirs-là qu'il rencontra Josette pour la première fois. Dans l'une des premières pièces de la saison.

René vivait à Monaco depuis quelques mois seulement. Il ressentait une certaine solitude. Un vide autour de lui. Peut-être est-ce pour cela qu'il répondit aux regards appuyés que Josette lui lança tout au long de la soirée. Il répondit à ce regard en invitant Josette à danser après la représentation. Puis ils s'échappèrent du vacarme pour marcher au bord d'une mer couverte du reflet blanc de la lune. René avait été happé par Josette, dans son tourbillon, sans savoir que faire et comment le faire. Ce soir-là, assis au bord de l'eau, il avait le sourire aux lèvres en regardant cette petite femme parler si vite. Leurs mains finirent par s'entrelacer. Elles ne se quittèrent plus de la soirée, que les jeunes amoureux passèrent à marcher, encore et encore, jusqu'à tard dans la nuit, longeant les plages rocailleuses de la Méditerranée. Leur histoire débuta comme cela, par une marche. René raccompagna Josette jusqu'à son hôtel, puis ils s'embrassèrent. « Ils » car René ne pouvait dire si c'était elle ou lui qui avait fait le premier pas. Quelle importance ? Ils s'embrassèrent, simplement, comme s'ils l'avaient toujours fait. Dans cette nuit monégasque, douce et lumineuse.

Puis ils se revirent, le lendemain. René avait laissé un mot à l'intention de Josette. Il l'invita à déjeuner puis à dîner. Il lui demanda finalement de prolonger son séjour à Monaco. Ils étaient emportés par leur fougue, celle d'un amour naissant. Josette était désormais partout, dans son sommeil, dans ses rêves, dans ses songes. Elle y resta presque quinze jours pendant lesquels René fut heureux. Ils se couchaient tard, poursuivant des heures durant leur conversation, refaisant un monde qui semblait leur appartenir. À quarante-six ans, René redevenait un jeune homme avec cette femme qui en avait presque la moitié. Cette différence d'âge pourtant lui apparaissait comme un fardeau. Il n'arrivait pas à regarder cet écart comme une simple opération arithmétique. Et lorsqu'il y pensait, il devenait alors réticent à Josette, mais cela ne durait jamais plus de quelques heures.

Josette quitta Monaco comme elle y était venue, enjouée et désinvolte. René la raccompagna jusqu'à la gare où ils s'embrassèrent longuement, avant de se promettre de se revoir. Et ils tinrent, l'un et l'autre, leur promesse. Ils se revirent. René rentra à Paris deux mois plus tard. Il était venu passer les mois d'hiver pendant la fermeture annuelle du théâtre. C'est pendant cette période qu'il préparait les spectacles de l'année suivante. Il avait un bureau, rue de la Chaussée-d'Antin, dans lequel il recevait artistes et metteurs en scène souhaitant venir présenter leurs œuvres au théâtre de Monte-Carlo. À Paris, les deux amants reprirent leur relation, dans une ville qui était la leur mais dans un quotidien qui ne l'était pas. Monaco était désormais loin. Les premiers mois avaient été heureux. Et puis les premières disputes arrivèrent, les premiers reproches aussi. René n'était plus un jeune homme. Il avait été éduqué dans une famille où la retenue était d'usage. Montrer, exprimer, il ne savait pas faire, ce n'était pas lui.

Josette ne se sentait pas aimée auprès de cet homme qu'elle accusait d'être froid. Et puis elle lui reprochait son absence constante. René travaillait. Et son travail l'obligeait à être toujours au théâtre ou à l'Opéra. Pendant ce temps, Josette se sentait seule, avec cette impression de toujours attendre, attendre René qui rentrait tard, attendre les rôles qui ne venaient pas, attendre une vie qui passait. « Les débuts sont toujours difficiles », se disait René, comme pour s'en convaincre lui-même. Alors, quand Josette lui annonça qu'elle était enceinte, ils pensèrent tous les deux que c'était peut-être une chance pour eux, pour leur couple. Ils y crurent, sincèrement.

En arrivant à la gare de Monaco, René vit sa voiture devant le bâtiment principal. Son employeur, la Société des bains de mer, lui avait mis à disposition un chauffeur l'accompagnant dans chacun de ses déplacements. Il n'en voyait pas vraiment l'intérêt, dans une ville où le déplacement le plus éloigné ne dépassait pas le kilomètre. Il avait accepté cet avantage puisqu'il savait que le contraire aurait été mal vu de la direction. Son chauffeur, Sergueï, un Russe émigré d'une quarantaine d'années ayant fui le régime soviétique, avait vite cerné les besoins de René, identifiant avec justesse le moment où sa présence était nécessaire. C'était lorsque la fatigue de son patron était au plus haut, comme ce soir-là précisément. Il connaissait parfaitement l'agenda de son *Mister Blum*, comme il aimait l'appeler. En Russie, sa famille avait servi pendant plus de cinquante ans la famille royale. Les hommes étaient chauffeurs, les femmes en cuisine. À la révolution, ils avaient été désignés comme traîtres. Ils devinrent des ennemis du peuple. Sergueï et sa famille durent se résigner à partir, sans rien, et même, désormais, sans nationalité.

Ils choisirent le sud de la France pour suivre toutes ces familles riches qui s'y réfugièrent. Sergueï pensait alors trouver plus facilement du travail. Ce qui fut le cas. Pourtant ce n'est pas auprès de Russes que Sergueï trouva un emploi, mais au casino. Sergueï était le seul des huit membres de la famille à travailler. Il était venu en France avec ses parents, sa femme et ses enfants. Ils avaient trouvé une petite maison proche de Monaco, à La Turbie. La famille s'entassait dans ce petit cabanon loué pour presque la moitié de la paie de Sergueï. Il y avait assez d'espace pour une chambre et un petit salon. Les toilettes se trouvaient au fond du jardin. Avec l'argent qu'il restait, ils devaient vivre à huit. La vie n'était pas facile mais la famille avait trouvé un certain équilibre dans ce nouveau pays. Sergueï était fier que ses deux enfants fréquentent l'école du village. Et puis Monsieur Blum était un patron très gentil, toujours d'humeur égale. Il avait appris à connaître cet homme qui parlait presque cinq langues dont un peu de russe. René lui donnait également chaque mois un pourboire qui lui permettait d'emmener toute sa famille au restaurant russe de Nice.

Dans la voiture, Sergueï vit, dans l'expression de son patron, les marques d'une profonde fatigue, plus profonde que le seul manque de sommeil. Deux jours auparavant, il avait été appelé par Monsieur Blum. Il devait l'emmener en urgence à la gare de Nice prendre un train pour Paris. C'était un déplacement non prévu dans son agenda. René n'avait qu'une simple valise sur lui. « Je reviens d'ici à deux jours », lui avait-il dit. Lors du trajet pour l'accompagner à la gare, son patron lui avait paru étrange, soucieux. Sergueï, comme à son habitude, n'avait pas posé de questions. Dans son métier, la discrétion était une compétence professionnelle.

Cet aller-retour à Paris avait été bref. René était épuisé. Il s'endormit quelques minutes à peine après que la voiture eut démarré. Pour lui permettre de pouvoir poursuivre son sommeil, Sergueï ne s'arrêta pas devant l'immeuble de René. Il poursuivit sa route et prit la direction de Menton, suivant l'écrin montagneux le long de la Méditerranée. Il avait baissé légèrement la vitre, laissant entrer une brise légère et agréable, même en ce mois de décembre. Après quelques kilomètres, il refit la route dans le sens inverse, ramenant son patron encore dans un sommeil profond à son domicile. Le ciel marin au loin était rougi, le soleil s'effaçait peu à peu, laissant la nuit s'installer progressivement. Sergueï arrêta la voiture devant l'immeuble de René. En se réveillant, celui-ci découvrit le ciel sombre. Il regarda sa montre. Il sourit. Il remercia son chauffeur et sortit de la voiture pour monter chez lui.

Dans l'obscurité de son appartement, René retrouvait la solitude à laquelle il s'était désormais habitué à

Monaco, comme un vieux vêtement confortable qu'il reprenait avec une certaine affection. Il se dirigea vers la porte vitrée, l'ouvrit, et s'engouffra sur son balcon. Il prit une chaise et s'assit face à la mer, noire, silencieuse, absente, comme son regard à lui. René était perdu dans ses songes, dans les méandres de ses souvenirs. Il repensait aux moments heureux qu'il avait vécus avec Josette. Des moments qui lui paraissaient désormais si loin, presque oubliés.

Pourtant René et Josette partageaient un fils. Mais cet heureux événement n'avait pas réussi à apaiser leur couple. Ils constituaient une famille. Mais ce mot n'avait rien de commun pour eux. Leur relation ne cessait de se dégrader. Josette remettait sur René les malheurs de son monde. Lui restait patient mais n'était plus heureux. Certains jours, le moindre des agacements pouvait donner lieu à des comportements disproportionnés, des attitudes agressives de la part de Josette. René s'inquiétait pour leur fils. La mère de Josette était très présente auprès de sa fille mais elle-même paraissait souvent dépassée. Ce fut le cas deux jours auparavant. Alors qu'il s'affairait aux préparatifs d'un nouveau spectacle, il reçut un télégramme signé de la mère de Josette lui demandant de rejoindre Paris en urgence. Dans le message, à la toute fin, il était mentionné : *Tentative de suicide de Josette.*

Le mal de Josette était si fort qu'elle avait fait le choix de s'en défaire. Elle voulait laisser derrière elle une vie qu'elle pensait trop lourde à porter. Elle n'avait plus assez de force. Elle avait pris un cachet puis, dans sa douleur, un deuxième puis un troisième, terminant la totalité du pilulier. Elle s'était levée une dernière fois puis était tombée dans l'escalier. Josette voulait s'endormir profondément, elle voulait mourir, tout simplement. Alertée par le bruit, sa mère avait pu lui sauver la vie en appelant les secours. Sa chute lui avait provoqué un traumatisme sérieux à la colonne vertébrale, si bien que les médecins s'inquiétaient de ses chances de remarcher.

René, lui, s'effondrait. Il n'avait rien vu. Loin, depuis le Rocher, il n'avait pas vu le mal de Josette empirer au point qu'elle tente de s'en échapper par la mort. Il se sentait impuissant, ne sachant comment redonner à Josette l'envie de vivre. Il lui semblait avoir échoué dans sa responsabilité, celle de compagnon. Pourtant, lui et Josette n'avaient plus rien d'un couple. Josette s'était laissé enfermer dans un statut de mère, éloigné de sa nature. Elle n'arrivait pas à jouer ce rôle, se sentant échouer constamment. Il fallait désormais trouver une solution. René, lui, n'était pas non plus apte à avoir la garde de Minouchou. Son travail n'était pas compatible avec la fonction de parent, celle d'élever un enfant avec un rythme régulier. Depuis deux ans, le travail de René avait été reconnu dans le petit milieu du spectacle vivant. Le Rocher commençait à devenir une référence en la matière. René avait consacré sa vie à illuminer les soirées des autres. Il ne savait pas faire autre chose. Le choix s'était alors naturellement tourné vers « Mamy », la mère de Josette. René lui confia son fils et repartit à Monaco. Sans regarder derrière lui.

Assis dans sa chaise, René regardait la fumée de sa cigarette s'échapper lentement du cendrier sur lequel il l'avait posée. Il se sentait vide, vide et honteux. Sa vie personnelle lui semblait un long et profond échec, dont il peinait à se relever. Dans son esprit, un seul mot revenait, *abandon*. Abandon de Josette, abandon de son fils, abandon de soi. Il se sentait si seul en cet instant tragique. En regardant au loin, un bref instant il pensa que, peut-être, la mort pouvait être un refuge. Seulement un bref instant. Pourrait-il un jour se pardonner d'avoir choisi sa vie aux dépens de sa famille ?

Il se leva avec peine pour se préparer à rejoindre le théâtre. Ce soir était présentée une nouvelle création. C'était une pièce que René avait spécialement commandée pour la saison théâtrale de 1926, écrite par un jeune auteur méconnu mais prometteur, qui lui avait fait forte impression la première fois qu'il l'avait reçu à son domicile parisien, un certain Marcel Pagnol.

21 juillet 1942

La couleur se rapprochait de celle du feu. Au cœur, un jaune puissant, puis autour un voile orangé se distillant vers l'ocre. À travers la seule fenêtre de la chambre, depuis son lit, René observait au loin le bal des couleurs que le ciel produisait. Les larmes lui coulaient des yeux. C'était la première fois qu'elles venaient après tous ces mois de supplices, de faim, de froid, d'humiliations, d'injustices. René craquait. Là-bas, derrière les cheminées des hauts bâtiments jouxtant le camp, c'était la liberté.

René reposait son dos contre le mur. Il était à moitié allongé dans son lit. Il continuait d'admirer les couleurs que l'obscurité estompait peu à peu. Il voulait garder en mémoire ce spectacle. La beauté était si rare depuis son arrestation. Au-dessus de lui, Marcel Bloch semblait dormir. Son sommeil devait être agité. Ses mouvements faisaient grincer toute l'armature du lit. Les gestes brusques des internés étaient pourtant légion à Drancy avec les puces et punaises de lit qui proliféraient. Avec elles venaient les piqûres, ravageant la peau des hommes. Chacun redoutait la venue de la nuit, son long silence et ses démangeaisons, empêchant le sommeil. René, lui, s'y était habitué. Cela faisait quatre mois qu'il avait été transféré dans le camp et les sales bêtes s'étaient lassées de sa peau. Elles préféraient attaquer les jeunes internés. Et depuis quelques jours, il en arrivait par camions entiers.

Lorsqu'il arriva à Drancy, la vie lui parut plus douce. L'étreinte régnante à Compiègne, pernicieuse et malfaisante, lui semblait plus atténuée dans ce camp. Des améliorations objectives et notables étaient présentes. Les repas étaient plus réguliers qu'à Compiègne, la soupe moins claire, il pouvait même y avoir des nouilles. La discipline était stricte mais sans commune mesure avec la barbarie et le cynisme dont faisaient preuve les Allemands à Compiègne. L'organisation y était complètement différente. Le camp s'était organisé et les Juifs y prenaient une part importante. La surveillance était assurée par les gendarmes français, qui n'étaient pas avares en corruption. Certains pouvaient être durs, sournois, mais la haine vis-à-vis des internés n'était pas aussi profonde que celle des Allemands. Le regard n'était pas aussi noir. Le comportement des gendarmes tenait plus à la bêtise et à l'ignorance crasse de l'inconscience. Et puis les jours s'allongeaient et se réchauffaient.

Le froid ne devenait plus un sujet d'angoisse pour les internés. René pouvait de nouveau marcher. Ses pieds avaient dégonflé. Il redécouvrait cette sensation agréable de la marche pour s'aérer le corps et l'esprit. Il avait ainsi pu appréhender son nouvel environnement. Le camp de Drancy était appelé le fer à cheval pour la forme en U que prenait le bâtiment. Il formait un ensemble unique et entièrement communiquant, d'une hauteur limitée, seulement quatre étages. La longueur des deux blocs parallèles était importante. René avait rarement vu de bâtiment aussi long. Il avait tenté un jour de mesurer la structure avec ses pas. Il avait compté deux cents mètres.

Ce bâtiment, tout en enfilade, le laissait tout de même perplexe. Un gendarme lui avait un jour appris que l'édifice en forme de U ainsi que les hautes tours derrière portaient le nom de cité de la Muette. Si les logements étaient essentiellement occupés par des cheminots dans les années trente, ces derniers avaient été progressivement réattribués à des familles de gendarmes jusqu'à la fin de cette même décennie. Les militaires et leurs familles occupaient essentiellement les hautes tours. Le fer à cheval avait été transformé en champ de manœuvres. Depuis les fenêtres des couloirs qui menaient aux chambres, on pouvait apercevoir la vie du camp. Les principales activités restaient concentrées sur la seule cour intérieure.

Celle-ci était divisée en trois parties, délimitées par des clôtures de barbelés. Sur la partie centrale trônait un baraquement en bois que les autorités du camp occupaient. La partie centrale était elle-même divisée en deux et dédiée à l'accueil des nouveaux internés, consistant essentiellement au pillage de leurs biens. Depuis les chambres, les fenêtres donnaient sur l'extérieur et la ville. C'était un lieu de visite. Les familles se retrouvaient pour se voir et se faire des signes depuis la fenêtre. L'exercice se devait d'être discret bien entendu. Les gendarmes veillaient. René s'étonna toujours de la force de ces moments. Les familles pouvaient parfois faire de très longues distances pour apercevoir un mari, un père, juste pour voir le visage de l'être aimé, glaner un sourire, voler un signe d'une main, d'un bras, qu'importe. Et ces mêmes familles repartaient, tristes et heureuses à la fois. La solitude causée par des mois de séparation s'atténuait, au moins pour quelques heures, quelques jours au plus. René constatait le pouvoir réel de l'amour. Celui qui donnait des forces. Au fil des mois de sa détention, René avait vu le pire de l'espèce humaine. Il n'en était peut-être pas au bout. Il savait néanmoins qu'il avait aussi vu le meilleur, le meilleur de l'humanité, dans la générosité comme dans la dignité. Qui sait, c'était peut-être dans l'enfer que l'infime beauté pouvait émerger.

René nourrissait le projet de recueillir tout ce qu'il voyait. Il voulait témoigner, dénoncer l'injustice et l'arbitraire dans lesquels lui et ses camarades étaient tombés. « Il faut que le monde sache », ne cessait-il de répéter. Comme à son habitude, il ne fallait pas attendre de sa part une simple tribune, un simple article ou un simple livre. « Pour comprendre, disait-il, il faut voir. Il faut que les gens comprennent, que le monde puisse se représenter l'indignité inouïe dans laquelle nous vivons. » René portait ce projet avec un autre camarade, Georges Horan-Koiransky. Les deux hommes s'étaient rencontrés par l'intermédiaire d'un ami en commun, Lucien Weil.

René avait eu écho du talent de Georges, de la précision de son trait, de la puissance de ses dessins. Dès leur rencontre, René voulait voir de lui-même mais Georges n'en conservait que très peu. Il était bien entendu interdit de dessiner dans le camp et plus encore de reproduire des scènes du quotidien. Georges faisait des esquisses à la demande, parfois des portraits qu'il vendait quelques sous pour améliorer son quotidien. Son obsession était de trouver du papier. Il était dans une recherche permanente. Il demandait partout, à tout le monde. Ses quelques tentatives de s'en faire envoyer par sa femme s'étaient soldées par des échecs au contrôle. Les gendarmes restaient inflexibles sur l'interdiction.

René restait curieux du talent de Georges. Il réussit à lui procurer quelques feuilles vierges par l'intermédiaire de l'une de ses connaissances affectée à l'économat du camp. Quelques jours après, Georges lui rendit son travail. Ce moment resta gravé dans la mémoire de René. Tout d'abord par les immenses précautions que Georges avait prises. Il vérifia que le couloir était vide, regarda sous les lits, derrière chacune des portes. Puis il leva son pull et sortit la feuille qu'il avait aplatie contre son ventre. Les précautions de Georges auraient pu paraître amusantes ailleurs. À Drancy, il était passible du cachot. Puis il aurait sûrement été prioritaire sur la liste des déportés, malgré son statut de mari d'aryenne. Un statut jusqu'à présent « non déportable », sauf cas exceptionnel.

Représenter Drancy, même au crayon, pouvait mettre gravement en danger Georges. Il risquait sa vie mais voulait participer au projet de René, en faisant ce qu'il savait faire, dessiner. Lorsqu'il aplatit la feuille sur le lit, René fut stupéfait. Georges avait réalisé une représentation panoramique du camp depuis la cour. Les traits étaient nets, le bâtiment parfaitement reconnaissable, les détails architecturaux reproduits, l'échelle respectée. Bien sûr Georges avait choisi, pour impressionner René sans doute, de réaliser un dessin dont il était spécialiste, celui des bâtiments. Georges était dessinateur industriel de profession. Il n'empêche, le talent était là. René lui commanda aussitôt de nouveaux dessins. Le contrat était clair. René s'arrangerait pour lui fournir du matériel. À charge pour Georges de dessiner le camp, de reproduire ce qu'en était le quotidien. René voulait accompagner ses mots d'illustrations. Leur détention, les privations, les humiliations, il voulait que tout fasse l'objet d'une représentation graphique. Drancy était quelque chose de trop grave pour que les mots seuls puissent forger l'imaginaire. À l'appui des mots, l'image devait transparaître.

René était devenu une autorité respectée dans le camp. Une aura qu'il avait acquise par son exemplarité et son intransigeance à l'égard de l'injustice. René se pliait à toutes les corvées d'épluchage. Combien de fois lui avait-on proposé de prendre sa place, en raison de son âge et des déboires de santé qu'il avait connus. Jamais il n'accepta. Il pouvait être malade, avec de la fièvre, René se levait de son lit pour aller aider ses camarades en cuisine. C'était un Blum. C'était son honneur et celui de toute sa famille que de faire son devoir dans le camp, comme tous les autres internés, sans aucune différence. Jamais il n'aurait laissé sa place à un autre camarade sous un quelconque prétexte.

Les principes de René paraissaient bien désuets dans un camp où le marché noir et les trafics en tout genre proliféraient. Tout était à vendre, à des prix multipliés par cinquante ou cent par rapport à l'extérieur. Le prix d'une cigarette à l'intérieur pouvait atteindre celui de plusieurs paquets à l'extérieur.

Pourtant la stature morale de René demeurait pour certains comme une boussole. Dans un monde où le bien et le mal n'avaient plus vraiment de sens, où l'instinct de survie préemptait parfois le discernement moral, René avait toujours les mots justes, le recul nécessaire pour ne jamais dénoncer les comportements mais toujours les expliquer, les comprendre, sans toutefois s'en contenter. Il parvenait ainsi à fédérer et à réaliser ce si difficile exercice qu'était celui de convaincre que la vie méritait encore d'être vécue, qu'il fallait résister et croire à un monde meilleur.

Pour cela, René promettait. À chaque personne croisée, à chaque discussion, il chuchotait « courage, tenez bon, c'est bientôt terminé ». Presque tous, à Drancy, avaient entendu ces mots. Certains avaient même surpris René, seul, les répétant. Était-ce pour se convaincre lui-même, lorsque la détention devenait trop difficile, lorsque l'espoir lâchait, peu à peu ? René promettait et redonnait espoir. Il fallait le voir faire. Il ne laissait aucun doute.

Quand ? Comment ? Il ne savait pas y répondre. Ce n'était pas de la naïveté de sa part. René connaissait la situation. Celle de la guerre, des difficultés des Alliés, de la puissance allemande. Mais il avait profondément foi en l'humanité. Il croyait. Dans le pouvoir de la conscience face à la haine. Dans la justice des hommes. Dans la victoire. Il y croyait sincèrement. Et, ce jour-là, enfin, il témoignerait.

13 mai 1937

Son bras se dépliait lentement, délicatement, s'ajustant dans la hauteur, légèrement courbé. Son poignet formait un arc, dans un sens puis dans l'autre, au gré de la mesure que battait le chef d'orchestre. Au centre de la scène, la soliste tournait, un tour, puis deux, sur les pointes, levant sa jambe gracieusement comme on le lui avait appris. Comme si, toute sa vie, elle l'avait fait. Ses gestes étaient subtils, beaux et raffinés, elle semblait seule sur cette scène. Pourtant, autour, le corps de ballet était bien présent, une vingtaine de ballerines étaient comme elle, habillées de blanc, de pureté, d'immaculé. Plus loin, on pouvait observer le soliste se rapprocher d'elle. Il était derrière. Elle l'aperçut et le regarda venir. Elle l'attendait. Il vint à elle par sauts, il bondissait, ses jambes restaient parfaitement alignées. Il s'approcha tout près de sa partenaire, entourée des ballerines. Ils formaient désormais un seul corps, un ensemble. Il l'accompagnait dans chaque mouvement, lui donnait de l'élan, du bout de ses bras il la portait du plus haut qu'il le pouvait. Elle semblait si légère, telle une plume, comme décrochée du corps, divaguant, au gré des courants d'air. Puis il la déposa sur le sol, aussi légèrement qu'il le put.

Depuis leurs sièges, les spectateurs étaient invités à voyager, dans ce ballet empreint de rêveries, de douceurs, d'ailleurs. Dans un monde où la violence n'avait pas sa place, où il n'existait pas d'humiliation. Un monde dans lequel la poésie était maîtresse des mots, la fureur était transformée en passion, le pouvoir, lui, se dissolvait en beauté. Depuis son siège, toujours le même, chaque soir, René observait ses danseurs, avec la même concentration, la même admiration. Il connaissait les moindres détails de cette pièce, qu'il avait vue en tant que spectateur à Paris la première fois en 1912. René avait eu la chance de la revoir à plusieurs reprises à Monaco lorsqu'il était directeur artistique. Enfin, il continuait à prendre un immense plaisir à la revoir, désormais en tant que propriétaire. *Propriétaire*, un mot qu'il n'aimait pas et auquel il préférait *directeur*. Pourtant René était bien le propriétaire de la compagnie des Ballets de Monte-Carlo. Il était un chef d'entreprise, employeur d'une centaine de salariés, détenteur d'une trentaine de décors et de milliers de costumes. Son frère Léon aimait le taquiner en privé en l'appelant patron. Cela faisait pourtant des mois qu'il n'avait pas eu l'occasion de voir Léon, si occupé par ses fonctions de chef du gouvernement. Comme il en était fier, de son frère chéri, même s'il s'interdisait d'en parler en public. Il ne voulait pas mélanger politique et travail. Lorsqu'on lui demandait s'il avait un lien avec Léon Blum, il ne répondait pas, esquivant la question. D'ailleurs, il ne partageait pas forcément toutes ses idées mais admirait la dévotion de son frère, sa volonté de casser les dogmes, de se battre pour ses idées, jusqu'au bout, jusqu'à les imposer. De la fierté, Léon en avait aussi pour son petit frère, à la tête d'une des compagnies les plus prestigieuses du monde. Dans cet univers de culture où il avait longtemps pensé faire carrière lui aussi, avant de se faire happer par la politique et de défendre toute sa vie une justice sociale dont il n'avait jamais vraiment été victime mais se sentait responsable.

C'était la dernière représentation de la saison à Monte-Carlo. La salle était pleine, agréable, souriante. Les femmes arboraient leurs plus belles parures, de longues robes de soirée, de magnifiques bijoux. Les hommes, eux, portaient leurs traditionnels smokings sombres, éternel uniforme de la mondanité. René s'était habillé du sien, bien sûr, avec un nœud papillon de la même couleur, qu'il mettait toujours de longues minutes à nouer. La soirée de gala débuta avec l'entrée du prince dans sa loge, dont on pouvait apercevoir la haute et massive silhouette derrière le balcon. Louis II fut introduit par des applaudissements nourris du public. Sa présence saluait la dernière représentation de la saison des Ballets et rendait hommage au couronnement, la veille, du roi d'Angleterre George VI. Le gala avait débuté avec l'hymne monégasque puis le fameux *God Save the King* interprété par l'orchestre du Nouveau Cercle des étrangers, composé essentiellement de musiciens venus de Paris. Pour l'occasion, René avait choisi deux pièces, ses œuvres favorites, deux chorégraphies parmi les plus connues de la compagnie, *Les Sylphides* et *Coppélia*.

Dans son carnet, René notait tous les détails à revoir avec le maître des ballets. Il notait le nom des ballerines à féliciter. Il évaluait celles à qui il proposerait une évolution la saison prochaine. Au début, il ne le faisait jamais. Il laissait à d'autres ce soin. René ne se prétendait pas légitime pour établir un avis technique et artistique, lui qui n'avait jamais été sur scène. Puis il le fit. Il le fit pour ne pas laisser ce monopole à d'autres. Car les autres finissent par décevoir, René en avait fait l'amère expérience. Il avait appris : même à cinquante-neuf ans, on pouvait encore apprendre.

Tout était encore en lui, la trahison, la déception, la colère. Il faisait donc confiance à son intuition. Jusque-là, elle lui fit prendre de bonnes décisions. Il se montra plus autoritaire également. Il cessa de dire toujours oui, de repousser les problèmes. Il se confronta, se disputa, mit l'affect de côté pour réagir en professionnel, en homme froid et distant. Un homme, en somme, qui ne lui ressemblait plus vraiment. C'était le prix à payer pour maintenir son entreprise à flot, sa vie également. Sa compagnie était tout ce qu'il avait.

René avait investi jusqu'à son dernier franc dans son rêve, celui de posséder seul sa troupe, d'être affranchi de partenaire, de directeur, de toute hiérarchie. Il avait parfois l'impression de rentrer difficilement dans ce costume qu'il trouvait trop grand pour lui, trop ambitieux. Certains matins, lorsque les problèmes en tout genre s'accumulaient, son rêve virait au cauchemar. Il n'en dormait plus et s'imaginait dans un autre travail, sans responsabilités. Mais cela ne durait pas longtemps, à la fin de la journée il était redevenu heureux de sa place, celle d'agir, de faire, de créer.

Pendant les moments de doute, René pensait souvent à l'homme auquel il avait succédé, à la tête de cette compagnie de ballets. Cet homme était admiré de tous, pour son charisme, sa capacité à tout réinventer, son fameux instinct. Serge de Diaghilev, de son vrai prénom Sergueï, était l'ami de tous, des artistes comme des puissants. Il charmait avec son aplomb démesuré et sa confiance en lui, totale. Diaghilev avait le don de pousser les autres pour obtenir d'eux le maximum. Il brisait les conventions, au risque de déplaire.

En mai 1909, il s'était lancé au théâtre du Châtelet. En quelques semaines, il fit réaliser les travaux nécessaires pour transformer ce théâtre vétuste et proposer son spectacle. Le théâtre Mariinsky de Saint-Pétersbourg étant traditionnellement en congé à cette période, il en profita pour faire venir nombre de ses danseurs à Paris. Diaghilev ne voulait pas présenter une copie traditionnelle des Ballets russes. Il voulait insuffler une modernité. Le spectateur moderne voulait être surpris, réveillé. Il commanda à Michel Fokine, alors enseignant du Mariinsky, une chorégraphie revue, nouvelle. « Étonnez-moi », aimait-il dire à tous ses collaborateurs. Fokine lui créa alors un ballet. Le chorégraphe admirait Isadora Duncan, la danseuse aux pieds nus, qu'il avait rencontrée à Saint-Pétersbourg quelques années auparavant. Dans ce nouveau ballet, Fokine fit le choix de rompre alors avec l'académisme, celui transmis depuis des générations aux jeunes danseurs russes. Il proposa une chorégraphie dénuée de repères, en se concentrant sur le mouvement relâché du corps. Ce fut un succès, un véritable triomphe qui permit de lancer les Ballets russes.

René se souvenait très bien de cette période. Chaque année, le jeune homme d'alors attendait avec impatience la tournée des Ballets russes de Diaghilev à Paris. Il s'empressait de prendre ses billets pour aller admirer la poésie des gestes inventés par Fokine et interprétés par Ida Rubinstein, dont la grâce sur scène était éternelle et faisait la joie des conversations qu'il pouvait alors avoir avec Marcel Proust. Il aimait également voir les immenses sauts de Vaslav Nijinski, qui avait seul le secret d'une détente phénoménale dépassant, selon la légende, le mètre cinquante.

René avait encore du mal à croire qu'il avait repris les Ballets de Diaghilev. Ce dernier représentait un modèle, dans le succès comme dans l'échec. Diaghilev avait foi en lui-même, foi en son instinct et n'abandonnait jamais. Il se souvenait encore du scandale de mai 1913, à l'occasion de la présentation du *Sacre du printemps*. René venait de commencer son travail de critique à *Gil Blas* peu de temps auparavant. Il était venu pour son journal et en admirateur de Diaghilev qui, depuis quelques années, présentait à Paris des ballets toujours aussi spectaculaires. Diaghilev avait voulu faire fort pour cette nouvelle saison parisienne, en renversant les codes. Pour son ballet, il s'était appuyé sur une œuvre de Stravinsky, composée quelques années auparavant, sur le thème d'un rituel sacral.

Pour accompagner cette musique, Vaslav Nijinski avait réalisé une chorégraphie en dehors de toutes normes, bestiale et sauvage. En rupture. Les costumes étaient ceux d'une Russie paysanne oubliée, aux couleurs du feu et de la terre. Les danseurs avaient revêtu des coiffes aux longues tresses, descendant à même le sol. Tout le décorum concourait à un spectacle total. La radicalité totémique qui en émanait avait alors scandalisé dès la levée de rideau. Par les décors, par la danse « ensauvagée », comme l'avaient décrite certains.

Le spectacle fut l'objet d'un véritable scandale. Dans la salle, les rires laissaient place aux cris, aux injures entre les défenseurs et les pourfendeurs. Certains spectateurs en vinrent même aux mains, on défendait la pièce comme on aurait pu défendre son frère ou sa sœur insultés. Les percussions avaient peine à étouffer le bruit de la salle. Stravinsky était allé se réfugier en coulisse. Sa musique était à la fois huée et encensée. Maurice Ravel, présent ce soir-là, avait été subjugué par l'œuvre. Il s'était même rapproché de l'orchestre pour mieux l'apprécier. Finalement, une partie du public quitta la salle, semblant prendre comme une insulte personnelle une telle représentation. En coulisse, Diaghilev, lui, souriait. Un échec ? Non. Une publicité.

Les jours suivants, on compara la représentation à celle de la bataille d'*Hernani* pour son intensité. Diaghilev avait su retourner un échec en succès. Il voulait devenir une légende. Et pour cela, il ne craignait pas de heurter ni de déplaire. Chaque saison, son œuvre était un continuel renversement. « Ils finiront par aimer », se plaisait-il à dire. L'histoire montra que Diaghilev remporta son pari. Il devint une légende. L'échec de cette soirée fut vite oublié et la pièce fut rejouée, encore et encore. Désormais, dans aucune mémoire cette bataille n'apparaissait comme perdue. Au contraire peut-être. Cet épisode renforçait l'image d'un visionnaire, celui qui avait vaincu les dogmes conscrits d'une tradition perdue. Diaghilev était de ceux qui avaient réussi, là où de nombreux autres avaient échoué.

L'homme était un génie et, comme tous les génies, il laissait un héritage lourd à porter pour ses successeurs. René ne s'était jamais comparé à lui. Il n'avait ni son charisme ni son instinct. Il savait ce qu'il devait à Diaghilev, le fait d'avoir fondé la compagnie des Ballets russes. Lui ne faisait que reprendre. Il savait aussi que les méthodes de Diaghilev allaient parfois jusqu'à l'extrême. Il n'avait pas de limites. René, lui, n'avait pas le même caractère, il n'avait pas la même histoire, encore moins le même rapport aux autres. Il avait connu Diaghilev à Monte-Carlo, pendant la saison d'été. Il avait pu observer son exigence vis-à-vis des femmes et des hommes de sa compagnie, allant parfois jusqu'à la cruauté. René n'était pas de ces hommes. Il menait sa compagnie sans cris, sans pleurs. Au contraire, il rassurait, complimentait, encourageait. Sa gestion était, en cela, bien différente de celle du fondateur. René s'amusait parfois à aller jusqu'à l'outrance, par exemple en installant une bienveillance collective. C'était sa manière de se départir d'un reproche que beaucoup, en secret, lui faisaient. Celui de ne pas avoir été installé là par Diaghilev lui-même.

À la mort brutale et prématurée de Diaghilev, René rassembla les fonds nécessaires pour reprendre la compagnie et poursuivre l'aventure. Il s'endetta lourdement pour ce nouveau projet professionnel, sans doute le plus important de sa vie. Il avait fait le choix d'abandonner son poste prestigieux de directeur artistique du théâtre de Monte-Carlo, de la sécurité qui était la sienne, pour affronter un défi dont il ne connaissait pas l'issue. Ce projet était l'aboutissement d'un parcours professionnel tourné vers la culture et les arts vivants. René ne voulait pas marquer de son nom l'histoire. Il voulait simplement transmettre au public une certaine idée de la beauté. Au travers des ballets, c'était l'émancipation totale des arts qui advenait. Des décors peints par de grands artistes aux œuvres musicales flamboyantes en passant par les mouvements somptueux des corps. Tous les arts étaient représentés. Diaghilev avait eu cette idée de génie de faire des ballets une position centrale des arts en s'inspirant des pièces d'un autre génie de son époque, un certain Lugné-Poe.

La pièce se terminait, la musique de Chopin laissait place à celle de Stravinsky pour le final des *Sylphides*. C'était l'une des œuvres préférées de Diaghilev. René partageait son engouement pour cette œuvre dans laquelle seule la poésie des sons et des gestes résonnait. La chorégraphie avait été créée par Michel Fokine en 1909 et, vingt ans après, était restée inchangée. C'était sans doute cela le talent, demeurer intemporel. René avait fait appel à Fokine en tant que maître des ballets de sa compagnie, juste après sa rupture avec le colonel de Basil. C'était un épisode dont il gardait encore aujourd'hui une colère profondément ancrée en lui.

Le colonel de Basil était un personnage rempli de

duplicité et de cynisme. Il tenait à conserver le titre de colonel de l'armée impériale, dont l'origine n'avait jamais vraiment été vérifiée. Mais ce titre lui permettait, au sein de la communauté des Russes blancs réfugiés dans le sud de la France après la prise de pouvoir des bolcheviques, de lui donner un faire-valoir précieux. Il organisait depuis quelques années, sous la direction du prince Zeretelli, des opéras russes. Le Colonel, bien implanté dans toute la communauté russe, lui paraissait être un associé tout à fait complémentaire. Il parlait russe, était connu du milieu artistique, et c'était un homme de projets. En 1931, deux années après la mort de Diaghilev, les deux hommes s'associèrent pour faire revivre les Ballets. De Basil avait eu pour mission de réunir les danseurs de Diaghilev, éparpillés dans les troupes parisiennes et européennes. En quelques mois, les Ballets russes de Monte-Carlo étaient sur pied, pour le plus grand plaisir des spectateurs de la principauté.

La compagnie était soutenue financièrement par la Société des bains de mer, la SBM pour les plus intimes. Les Ballets contribuaient à faire de l'image de Monaco une terre d'art et d'esthétisme. René se chargeait des relations commerciales et administratives de la troupe. Il en était le principal actionnaire. Pourtant, rien ne se passa comme René l'avait espéré. Le Colonel avait institué un véritable culte du secret dans la compagnie. Il conservait les informations précieusement et ne les distillait qu'au gré de ses manigances. Il utilisait le russe constamment avec les danseurs pour écarter René. Le Colonel s'était approprié les Ballets comme les siens. Il pensait que seul un Russe pouvait diriger une telle compagnie. Au quotidien, il méprisait René dont il moquait la morale européenne d'un cadre de travail soucieux de la préservation physique des danseurs. Les relations entre les deux hommes s'étaient révélées conflictuelles dès le départ. René devait sans cesse intervenir pour recadrer les pratiques, parfois douteuses, de son associé.

La rupture se produisit lorsqu'il dépassa les limites acceptables. Vis-à-vis de René mais surtout des Ballets. De Basil avait organisé une tournée à l'étranger sous le nom « Les Ballets russes du colonel de Basil ». René l'apprit par l'entremise d'Alfred Delpierre, le président de la Société des bains de mer. En militaire et homme intègre, Delpierre avait informé discrètement René de la sournoiserie du Colonel. Delpierre avait mis René en garde : le colonel de Basil devait partir. Dans le cas contraire, la SBM mettrait fin au contrat avec la compagnie. René n'eut alors pas d'autre choix que de convoquer le Colonel pour lui signifier son départ. Le renvoi de ce dernier ne fut possible qu'après de longs mois au cours desquels de Basil inventa mille excuses pour ne pas rendre à René la part financière avancée par celui-ci à la création de la compagnie.

René sortit de cette période exténué. La tension dans laquelle il avait vécu, sous le joug du Colonel, fut difficile. Pendant les mois que dura l'association entre les deux hommes, l'esprit de René était resté fixé sur de Basil. René en était presque venu à le détester, un sentiment qu'il avait rarement connu jusqu'à présent. Il était devenu obsédé par de Basil et sa manière de fonctionner, tentant de parer à l'éventualité de toutes les bassesses dont il aurait pu être capable. René s'était même demandé s'il n'allait pas abandonner son projet. Mais c'était le projet de sa vie. Il réussit à trouver en lui des ressources inattendues. René se releva et créa une nouvelle compagnie, seul cette fois-ci.

Avec le fidèle soutien de la Société des bains de mer, il parvint à relancer une troupe à l'assaut des salles du monde entier. Les Ballets de Monte-Carlo étaient nés du rêve de René, de sa volonté aussi, celle de participer à une œuvre qui le dépassait et dont il voulait traduire la beauté dans la postérité. Le rêve de René était de rendre éternels ses Ballets. Il avait dédié sa vie à l'art et n'en attendait aucune rétribution, hormis, peut-être, de contribuer modestement à son expansion dans le monde.

18 août 1942

Cette nuit fut de loin la plus difficile.

La chaleur avait contraint les hommes à ouvrir les portes et les fenêtres pour faire des courants d'air. Dans le dortoir surpeuplé, chacun espérait capter le bruissement de l'air, ce soir-là si lourd. Au loin, les cris et les pleurs gagnaient en intensité. La nuit réveillait probablement les peurs enfouies et gardées douloureusement tout au long de la journée. On pouvait aisément distinguer les mots répétés, sans cesse, au milieu des larmes. « Maman, Maman, Maman. »

Allongé dans l'obscurité, les yeux ouverts, les poings serrés, René écoutait les longs sanglots des enfants. Les petits étaient arrivés depuis près d'une semaine à Drancy, peluches à la main et baluchons sur le dos. Ils avaient fait leur entrée dans le camp sous les yeux ébahis des internés. Le bruit courait alors depuis quelques jours d'une nouvelle arrivée. Des lits avaient été installés dans l'autre aile du camp. Mais personne ne s'attendait à voir arriver des enfants, des tout-petits. Ils étaient accompagnés de quelques jeunes femmes qui semblaient être à l'aise au milieu de cette petite foule. Comme tous les nouveaux internés, ils passèrent l'étape de la fouille. Les baluchons furent ouverts, scrutés. Les gendarmes enlevèrent tout ce qui était interdit dans le camp, allant jusqu'à confisquer les dessins et peluches gardés jusqu'ici précieusement. La discipline devait s'appliquer. La méchanceté aussi.

Très vite, l'histoire de ces enfants fut connue dans le camp. Raflés avec leur famille le 16 juillet 1942, ils furent entassés dans des conditions indignes au Vélodrome d'Hiver. Pendant cinq jours, ces familles vécurent dans des conditions de détention ignobles, presque sans eau et sans nourriture. Dans une chaleur suffocante. Il y avait, dans certaines familles, des enfants de quelques mois à peine. Certains ne survécurent pas. Après le Vél' d'Hiv, les autorités décidèrent de transférer les familles à Beaune-la-Rolande, un camp situé dans le Loiret. À peine étaient-elles arrivées dans le camp que les gendarmes français reçurent l'ordre de séparer les hommes des femmes puis les mères des enfants. L'ordre fut exécuté. À coups de bâton, de poing, de pied, ils brisèrent les familles. On raconte qu'un gendarme brisa le bras d'une femme en tentant de lui faire lâcher son fils. Certaines se jetèrent dans les barbelés pour récupérer leurs enfants. L'amour d'une mère pour son enfant était infini, seule la mort pouvait le contraindre.

Les femmes furent déportées à l'Est à peine quelques jours après. Quelques-unes y échappèrent, assignées à la prise en charge des centaines d'enfants laissés à l'abandon. C'était un travail exténuant. Il fallait, pour ces femmes, courir partout, être partout, préparer les repas, les donner, laver les petits, changer les draps souillés. Elles n'étaient qu'une dizaine pour s'occuper de tant d'enfants. Mais ce qui était peut-être le plus difficile pour elles, c'était de consoler. Comment répondre à l'angoisse d'un enfant arraché aux bras de sa mère ? Comment expliquer l'horreur ? Comment combler l'absence d'une mère ? Il n'y avait aucune réponse. Seule la patience magnifique de ces femmes permettait d'atténuer la douleur des enfants. Ils étaient dans l'âge de l'innocence et, pourtant, ils étaient déjà en enfer.

À Drancy, une vie s'était rapidement organisée autour d'eux. Les enfants étaient devenus le centre de l'attention de tous les internés. Des hommes et des femmes s'étaient portés volontaires pour faire la classe par groupes, d'autres pour aider au moment du repas ou de la douche. Les enfants apportèrent une vie et une gaieté jusque-là absentes du camp. Ils avaient redonné le sourire à certains, d'autres y voyaient une source de courage supplémentaire. René aussi avait apporté son soutien. Il s'était chargé de lire quelques histoires pour tenter d'endormir les petits le soir. Les enfants lui rappelaient son fils, tonique, vigoureux et épuisant à la fois. Où pouvait-il être désormais, son Minouchou ? Il n'avait pas eu de nouvelles depuis des semaines.

Claude-René était un garçon en colère. Elle n'avait pas toujours été présente en lui, cette colère. Elle était venue progressivement. Minouchou, comme aimait l'appeler son père, avait été un enfant délaissé entre la longue dépression de sa mère et le travail de son père. Il s'était logiquement senti abandonné et en voulait à ses parents. Il ne parlait plus à sa mère et s'exprimait difficilement avec son père. Depuis quelques mois, sa colère s'était encore assombrie. Claude-René avait commencé à fréquenter des jeunes gens perdus eux aussi. Certains avaient réussi à le convaincre que le Juif était coupable de tout, responsable de tout. Lui dont le propre père était issu d'une lignée juive. Minouchou en était venu à conspuer les Juifs et revendiquait la religion catholique comme la seule à même d'exister.

Peu avant son arrestation, René avait même vu son fils arborer les insignes de l'Action française. Son propre fils. « Les enfants ne sont que le miroir de leur éducation », se disait-il intérieurement pour excuser encore et toujours le comportement de Claude-René. René avait, toute sa vie, fonctionné comme cela. Il n'expliquait les choses qu'en déterminant sa faute : son absence pour son fils, sa distance pour Josette. Il pensait être la raison de tous les maux et cultivait un sentiment constant d'échec.

Dès la naissance de son fils, René avait été dépassé. Il se sentait perdu et en même temps si heureux. En voyant son enfant pour la première fois, il eut la sensation étrange de tomber dans le vide. Il le porta dans ses bras et regarda ses yeux, immenses et curieux. René avait toujours été intrigué par les yeux. Le regard pouvait dire beaucoup de choses. Il pouvait n'en cacher que très peu.

À Drancy, c'étaient également les yeux des enfants qui l'avaient le plus troublé, des centaines de regards perdus, cherchant en vain un père ou une mère disparus. Des yeux inconsolables et peuplés de larmes. Les enfants pouvaient paraître heureux dans la journée, épargnés par l'oubli, au moins pour quelques heures. Pourtant les regards demeuraient pleins de chagrin. Et, la nuit venue, les angoisses enfouies se ravivaient. Les cauchemars se manifestaient, les larmes coulaient continuellement jusqu'au lever du jour. Seule la lumière apaisait les enfants, elle apportait un réconfort temporaire.

Pour les autres internés, les adultes, les angoisses venaient le jour. Elles se levaient en même temps que les premières lueurs du soleil. Depuis un mois, Drancy vivait au rythme des déportations. Tous les deux ou trois jours, mille femmes et hommes étaient emportés vers l'Est. La destination était inconnue, on disait l'Est, on disait l'Allemagne, on disait la Pologne. On ne savait pas. Ce que l'on savait, c'est que les internés étaient entassés dans des wagons de marchandises sans vivres, sans eau pour un voyage de plusieurs milliers de kilomètres. Depuis le mois de juillet, les autorités avaient procédé à une vingtaine de déportations vers l'Est. On utilisait les internés de Drancy pour la manutention. Les premières fois avaient été éprouvantes. Les gens que l'on entassait étaient des camarades, des compagnons de route, de souffrance. Ils étaient devenus des amis parfois. Et puis, au fur et à mesure des déportations, on ne regardait plus, on n'entendait plus. On entassait ainsi à chaque déportation des vieux, des jeunes, des femmes, des hommes, dans des wagons sans fenêtres. Comment tiendraient-ils dans ces conditions ? Des questions sans jamais de réponses. Des questions que l'on préférait enfouir.

Tout ce qui était insupportable à Drancy n'était plus

que secondaire face à la déportation. La peur apparaissait sur tous les visages, elle était sur toutes les lèvres, dans tous les esprits. On regardait les autres partir, avec le soulagement coupable d'être resté. « C'est humain », disait-on. Mais où était l'humanité ? L'humanité n'existait plus à Drancy. Elle avait laissé place à l'immonde.

L'amitié semblait perdue également. Trop difficile à vivre. Même René préférait l'abandonner avec les nouveaux venus, lui dont la bonhomie était louée par tous, dont la gentillesse était montrée en exemple. Peu à peu, la solitude s'empara de lui. Les départs de certains de ses amis l'avaient profondément affecté. Au début, lors des premières déportations, il s'était offusqué, scandalisé même, remuant ciel et terre pour obtenir de l'administration leur arrêt. Mais la réalité avait repris ses droits. Les déportations continuaient. Les amis partaient.

René avait perdu son optimisme. Il avait de plus en plus de mal à se lever le matin. Il restait abattu. Pendant ces derniers mois de détention, à l'écart du monde, l'amitié restait l'une des sources d'apaisement dans le camp, un réconfort, une force même. Pour René, une amitié réelle était née avec nombre de ses camarades, aux origines et horizons divers. René ne savait pas comment les amitiés naissaient. Il n'en connaissait pas la source. Peut-être venaient-elles lorsque les discussions prenaient d'autres formes, plus profondes, plus marquantes, plus vraies. Par les mots, les regards. L'amitié c'était aussi comprendre l'autre, tenter d'aller plus loin, chercher à connaître, à fouiller au plus profond, à découvrir ce qui se cachait, derrière le cuir dur des êtres. Peut-être, aussi, à percevoir la sensibilité.

Dans le camp, René avait fait des rencontres précieuses. Elles lui avaient donné la possibilité de découvrir et d'apprendre d'autres choses. Il s'était ainsi beaucoup intéressé au folklore ashkénaze. Il avait commencé à apprendre le yiddish. Il tentait, avec difficulté, de prononcer les mots, suscitant l'hilarité générale autour de lui. Cette langue faisait l'objet d'un véritable dédain dans la communauté juive française, « un dialecte de pauvres hommes », disaient certains. Pourtant René s'enferrait avec difficulté dans l'apprentissage de cette langue. Il tentait d'en décortiquer le fonctionnement, difficilement. Et puis cela lui faisait passer le temps. L'ennui s'estompait.

René devenait l'un des plus anciens dans le camp, une sorte de doyen. Une référence respectée pour la patience dont il faisait preuve avec tous, un sage que l'on venait consulter pour dénouer les disputes. Il bénéficiait d'une certaine aura auprès de ses compagnons, en particulier des plus jeunes. On l'interrogeait souvent sur sa vie, ses voyages. L'Amérique suscitait toujours un vif intérêt. René y avait voyagé de nombreuses fois pour son travail. Il connaissait très bien la côte est, plus précisément New York et ses immenses gratte-ciel. René en parlait toujours avec vivacité et aimait décrire ce nouveau territoire, terre de tous les possibles.

L'Amérique paraissait comme un havre d'optimisme et de libertés. Beaucoup voulaient « entreprendre », vivre ce rêve américain et recommencer une vie jusque-là jonchée de malheurs. L'Amérique attirait pour la plupart les internés étrangers. Pour eux, la France avait déçu. Les Français également. Seule l'Amérique leur paraissait une terre d'accueil et, peut-être plus encore, une terre d'espoir. Loin du camp, loin de ses horreurs.

Jusqu'où irait l'horreur à Drancy ? Nul ne le savait. On pensait que la déportation des hommes puis des femmes en était l'aboutissement. Celle d'une partie des enfants démontrait qu'aucune limite n'existait. Les premiers wagons partirent la veille, le 17 août. Les enfants furent entassés dans des voitures à bestiaux. Certaines des jeunes femmes qui les accompagnaient depuis Beaune-la-Rolande décidèrent de les suivre. Jusqu'au bout, elles ne se résolurent pas à laisser les enfants seuls. Elles se portèrent volontaires, prenant la place d'autres. Elles étaient dignes, ces femmes que l'on voyait sans cesse courir derrière les petits, avec leur longue robe, cheveux au vent. Elles en avaient, du courage, affrontant les maladies et les constantes diarrhées que la nourriture du camp indigeste provoquait sur les petits estomacs. Cette soupe aux choux quotidienne infecte. Les repas variés n'existaient pas à Drancy. Ces femmes bravaient tout, sans jamais un mot plus haut que l'autre, défendant toujours leurs petits. Elles étaient là, seules, des battantes, ne rendant jamais les armes. Jusqu'à la fermeture de la porte du wagon, on pouvait les voir remettre le pull de l'un, ajuster la chemise de l'autre. Jusqu'au bout de l'abîme, elles forgeaient l'admiration de tous.

Qu'allaient-ils faire à l'Est, ces enfants ? C'étaient des enfants, de simples enfants. Cette question taraudait les esprits des internés. Ils étaient bien trop petits pour travailler. Ils n'allaient être qu'une charge. Mais on se posait cette question sans penser à la réponse. Car on en avait peur, de la réponse. L'image de ces enfants, attendant dans la cour d'être fouillés et rasés, était gravée dans la mémoire de René. Celle du départ notamment, leurs grands yeux, leurs sourires, leurs gestes imprécis en guise d'adieu.

Dans l'obscurité de la nuit, René luttait contre l'insomnie. Ses yeux ne se fermaient pas. Constamment, les images des enfants lui revenaient. Leur départ silencieux au milieu des autres internés. René regarda les petits défiler devant lui. Comme tous les autres, les gendarmes, les internés, il s'était tu, muré dans un silence de honte. Qu'aurait-il pu faire ? Probablement pas grand-chose. Mais il ne pouvait pas s'empêcher de se sentir coupable. Il regarda et suivit des yeux les tout-petits sortir du camp. Puis il se retourna et marcha dans la cour, il marcha dans le vide, terré dans son inconscience. Tout était noir. Il avait fermé les yeux sans s'en rendre compte.

La déportation des enfants marqua les esprits dans le camp. Comme si, devant ce drame absolu, tous les autres souvenirs douloureux des derniers mois s'effaçaient. Pour beaucoup, un monde s'écroulait. Ceux-là avaient pensé, jusqu'ici, être protégés par leur statut. Dans le camp, chacun en avait un. Il y avait les « déportables », c'étaient les étrangers, femmes ou hommes, pour la plupart venus de l'Est. Il y avait aussi certains Français, sous le prétexte d'une condamnation quelconque ou d'un comportement répréhensible. Et puis il y avait les autres, les « non-déportables », les exemptés. C'étaient les Français, les étrangers considérés comme Juifs mixtes, c'est-à-dire ceux n'ayant qu'un seul parent juif. Puis il y avait aussi les enfants. Protégés jusque-là, ils furent déportés comme les autres.

Tous partiraient, tous seraient déportés. René le devinait. Depuis longtemps, il s'y était préparé. Auprès de ses camarades, il s'était longtemps montré rassurant, mais aujourd'hui il ne le pouvait plus. Il n'arrivait plus à mentir. Tôt ou tard, il partirait lui aussi à l'Est. Il savait aussi qu'il risquait sûrement d'y mourir. À soixante-quatre ans, l'internement l'avait profondément affaibli. Il faisait illusion, mais était épuisé. Chaque mouvement lui demandait un effort considérable. Si la nourriture était un peu plus généreuse et régulière qu'à Compiègne, elle restait, malgré tout, trop maigre, pas suffisante pour affronter une déportation.

Pour René comme pour tous les autres, la déportation faisait partie du quotidien. Il y pensait constamment. Il ne craignait pas de mourir mais de laisser les siens, son Minouchou, Josette, ses frères, ses amis. Il se le répétait, souvent, comme pour s'en convaincre.

25 octobre 1941

Le jour peinait à poindre. Il devait être tôt. Depuis son lit, encore couché, René observait, au travers de la fenêtre, l'obscurité se transformer en une lumière automnale, grise et terne. La température s'était subitement refroidie depuis quelques jours. Dans la rue, les Parisiens avaient déjà revêtu leurs gros manteaux. Ils restaient beaux, malgré la guerre, la peur et l'effroi qui régnaient. Les femmes demeuraient élégantes et les hommes soignés. C'était leur manière de rester dignes, en toute circonstance. Sous la couette, la chaleur entourait le corps de René mais laissait ses pieds froids, malgré les chaussettes en laine tricotées par Mme Chabert. « Le mal arrive par les pieds », ne cessait-elle de lui répéter.

Pour René, le mal était déjà là. Dans un monde qu'il ne comprenait plus et dont il était, de plus en plus, exclu. Chaque jour, les humiliations s'intensifiaient, pour faire des Juifs les exemples d'une race soumise. René, lui, ne s'en plaignait pas. Il en acceptait silencieusement le prix à payer. Le monde ne s'était pas transformé brutalement. Les conséquences que René subissait aujourd'hui étaient la suite d'un lent processus, toujours en cours, tant qu'il ne serait pas arrêté. Il avait eu le temps de s'y préparer.

Personne n'aurait pu donner la date exacte à partir de laquelle le monde s'était mis à tourner différemment. Certains auraient pu citer 1933 ou 1938, peut-être même 1929. En vérité, il n'y avait pas vraiment de date précise, c'était simplement une sombre époque, une défaite morale suivie d'une défaite politique. Les malheurs des uns étaient reprochés aux autres. Personne ne réussit à inverser le mouvement enclenché.

René avait quitté les États-Unis pour revenir à Paris depuis un peu plus d'un an. Il avait vu les Allemands arriver et défiler sur l'avenue des Champs-Élysées, en vainqueurs, en nouveaux maîtres du monde. La guerre s'était invitée sous ses yeux. Il n'aurait jamais pensé la revivre un jour. Il avait voulu rester auprès de sa famille, de son fils, de ses frères. Et puis il ne voulait pas que le nom Blum puisse être associé à la fuite. Ce n'était pas un héros, René. C'était simplement un homme d'honneur. Aurait-il pu sincèrement se regarder dans une glace en laissant en France sa famille et ses amis ? En restant à des milliers de kilomètres, en continuant à organiser des spectacles ? Qu'aurait-il fait ? Attendre des nouvelles, attendre des lettres qui, un jour, n'arriveraient plus. René avait donc repris un bateau pour revenir en France.

Lorsqu'il rentra à Paris, ce n'était plus la ville qu'il connaissait. La capitale s'était vidée peu à peu de ses habitants, de ses commerces, laissant un profond sentiment de tristesse. René n'avait pas repris d'activité professionnelle en France. Il avait vendu quelques années plus tôt sa compagnie à une entreprise aux États-Unis, pays où les Ballets avaient un fort potentiel. À près de soixante-trois ans, il s'était résolu à se séparer de ses Ballets dont le coût économique devenait trop lourd. Il en était resté le directeur et s'occupait particulièrement de l'organisation des spectacles en Europe. En mai 1939, la saison des Ballets se termina à Monte-Carlo. Elle ne reprit plus. René avait choisi de clôturer la saison par *Les Sylphides*. C'était sa manière à lui de répondre à l'angoisse.

Les Ballets de Monte-Carlo lui avaient apporté une gloire dont il n'avait jamais vraiment rêvé, celle de figurer en haut des affiches des plus grandes salles de spectacles du monde. Voir son nom apparaître récompensait surtout son travail acharné, celui de mener l'une des plus grandes compagnies de ballets du monde. Il y avait aussi une certaine fierté à ce que son nom soit inscrit tout en haut, lui l'enfant juif de la rue Saint-Denis dont le père commerçant était venu depuis son petit village alsacien entreprendre à Paris. Il pensait souvent à sa mère et à son père, décédés. Il aurait été fier de leur montrer les affiches portant leur nom partout dans le monde, aux Amériques, en Afrique du Sud, partout en Europe.

Grâce à leur éducation et leur tolérance, ils avaient permis à René de mener la vie qu'il avait souhaitée. La vente de sa compagnie était une manière de transmettre son œuvre et faire perdurer l'immense héritage artistique des Ballets. Cette fierté, personne ne pouvait la lui enlever. Mais ce n'était pas important pour lui. La vie était faite d'oubli. Ce qui comptait, c'était le sens de sa vie.

Son retour à Paris lui parut moins difficile qu'il ne l'aurait pensé. Il mettait à profit son oisiveté pour courir les spectacles et les représentations. Il recevait de nombreuses invitations de la part de proches ou amis qu'il honorait de sa présence, toujours à l'affût des dernières créations artistiques de la capitale. Sa vie était, malgré la guerre et les premières mesures antijuives, encore virevoltante. Il n'était pas question pour René de se cacher, de se terrer dans un coin pour être oublié. C'était faire offense à son nom, avoir honte de celui-ci. Un Blum ne déserte pas au moment le plus grave de l'histoire de son pays. La peur, René ne l'avait pas pour lui mais pour les autres. Pour son frère Léon, arrêté il y a un mois. Pour son fils dont la colère s'était transformée en violence. Pour ses autres frères, plus âgés, plus fragiles.

René paraissait parfois étranger au monde dans lequel il vivait. C'était sans doute son côté artiste. Celui qui forgeait son propre univers, délesté des contraintes matérielles et morales de la société. Son temps libre lui avait permis de se lancer dans un nouveau projet professionnel, la réalisation d'un film sur Molière. Il avait dans l'idée de retracer au cinéma la vie de l'homme de théâtre. René aimait ce personnage, un homme qui, comme lui, avait eu mille vies en une. Les œuvres de Molière étaient connues de tous, sa vie l'était moins. Il voulait donner à voir l'homme derrière les pièces, ses doutes, ses inspirations, son univers. Derrière chaque génie, il y avait une vie et c'était à celle-ci qu'il souhaitait rendre hommage avec ce film.

René avait toujours été très intéressé par le cinéma. Très tôt, il fut séduit par ce format qu'il considérait comme un art à part entière. Il fut le premier président du premier ciné-club, le Ciné-club de France. C'était il y a maintenant plus de vingt ans. Le cinéma en était encore à ses débuts, un peu titubant, réservé aux initiés. Mais déjà dans le débat surgissaient des radicalismes. Pour certains le cinéma devait montrer la réalité sociale des hommes, être un instrument politique visant à dénoncer les inégalités et à porter un message. René, lui, ne le voyait pas de cette manière. L'amoureux de la culture qu'il était avait tout de suite perçu le potentiel artistique du cinéma. Avec Germaine Dulac, Jacques Feyder et d'autres, il voulait faire du cinéma un nouveau grand lieu de l'art. Le principe du ciné-club était d'organiser des soirées autour d'un thème ou d'une personnalité qui œuvrait en faveur du cinéma. L'un des souvenirs les plus marquants de René fut d'accueillir Henri Clouzot, directeur du musée Galliera, dont l'audace allait rester dans la légende, celle d'avoir organisé la première exposition officielle du cinéma en France. Clouzot était un immense admirateur du cinéma et aimait partager sa passion avec le plus grand nombre. Il semblait loin, ce temps. Depuis, le débat artistique du cinéma ne se posait plus. Des femmes et des hommes de talent s'en étaient emparés pour en faire un art. René souriait. Ses souvenirs regorgeaient de moments heureux, dans lesquels il aimait puiser l'énergie nécessaire pour continuer de vivre et affronter le monde présent.

Ce monde avait ses tristes et dures réalités auxquelles René n'échappait pas. C'était un homme ruiné. La vente de sa compagnie de ballets aux Américains ne lui avait permis que d'éponger les dettes qu'il avait accumulées ces dernières années, sans pouvoir s'en défaire. Depuis de longs mois, il n'avait plus d'activité professionnelle. Ses quelques économies avaient fondu. Il s'était résolu alors à vendre les objets qui, à ses yeux, étaient les plus précieux. Ses livres. Sa collection était l'une des plus belles de Paris. Il avait lui-même relié bon nombre d'ouvrages de sa bibliothèque. Parmi eux se trouvait la première édition originale du roman *Du côté de chez Swann*, avec, à l'intérieur, quelques très belles lignes de remerciements et de reconnaissance de l'auteur pour « son cher ami ». Marcel Proust remerciait ainsi René d'avoir eu la gentillesse de permettre à ce livre d'être publié. Marcel était devenu un auteur célébré. Après sa mort, il était entré dans la légende, comme l'un des plus brillants de sa génération. René se souvint des soirées passées au domicile de Proust où tous les deux discutaient pendant des heures de certains passages de son roman, de son choix des personnages. Proust était l'un des hommes les plus atypiques qu'il ait pu connaître. Il avait une immense intelligence de l'observation et des rapports humains. C'était un homme insaisissable.

L'écriture des uns donnait la possibilité à d'autres de voyager et d'outrepasser les limites réelles pour se confronter à d'autres frontières, plus lointaines. Les romans n'apportaient pas de réponses aux questions mais donnaient la possibilité de montrer que d'autres chemins existaient. René avait longtemps construit sa vie autour des livres et de ses lectures. Il s'y était forgé des opinions, avait mis en éveil son esprit critique. Pour cette raison, René voulait faire du livre un objet d'art.

Pour lui, l'écrin de la forme devait rendre hommage à la profondeur du fond. Vendre les livres qu'il avait lui-même reliés lui était difficile. C'était une partie de lui dont il se séparait. Mais il devait survivre. Les prix des denrées les plus élémentaires montaient de plus en plus et l'inflation faisait rage. René n'avait plus le choix. C'étaient ses livres ou lui. Il vendit à un bon prix nombre de ses ouvrages. Les premières ventes avaient été pénibles. Puis, comme beaucoup de choses, sa peine passa. Il s'y résigna.

Depuis quelques années, René nourrissait le projet d'écrire un livre sur les Ballets. Il consignait depuis toujours ses pensées et réflexions dans de petits carnets qu'il conservait précieusement chez lui. Il devait en avoir des centaines, conservés dans un carton au fond de sa cave. Ces carnets l'avaient accompagné tout au long de sa carrière, depuis la *Revue blanche* jusqu'au bout du monde, dans ses déplacements avec sa compagnie. Il y avait dedans toute sa mémoire. On pouvait lire sa vie, son évolution. Du jeune homme fougueux à la maturité. Le point commun de toute sa vie était sa passion pour tous les arts, une curiosité toujours intacte de ce qui l'entourait, une même sincérité à l'égard des autres et une recherche constante d'un certain esthétisme. Ses préférences évoluèrent également. Il délaissa les classiques athéniens pour s'éprendre de l'impressionnisme des nouveaux peintres. Puis naturellement il soutint leurs héritiers en défendant l'impertinence des Picasso, des Braque et des autres dont les créations se nourrissaient d'influences aux origines multiples et aux horizons divers. Avec eux, tout était remis en perspective, les toiles étaient pleines de couleurs, de formes nouvelles et de dépassement de soi, à l'image du monde dans lequel ils s'épanouissaient, grand, ouvert, multiforme.

Ces artistes peignaient le monde tel qu'il était, différent. René était particulièrement attiré par la peinture de Matisse, dont l'expression le touchait profondément. Sa mise en lumière des couleurs flamboyantes, l'expression éternelle des visages des femmes qu'il parvenait à saisir, comme si le dessin en était la source. René avait bien connu Matisse. Il avait invité l'artiste à Monte-Carlo pour créer les costumes et les décors de la pièce *Rouge et Noir*. Les costumes avaient été pensés pour laisser aux corps des danseurs la liberté des mouvements. Inspiré de ses gouaches découpées, Matisse avait l'ambition de fusionner les arts et prolonger les gestes des danseurs avec des oripeaux. Le résultat était fulgurant, au-delà même des propres espérances de René. Sur scène les costumes se fondaient dans une explosion jaillissante de couleurs fauves, à l'image du roman de Stendhal.

René conservait encore précieusement les photos de cette soirée. Il ouvrit l'album. Sur la première image on voyait Matisse, accroupi, repriser le costume d'Alicia Marks dont le nom de scène avait été changé en Markova par Diaghilev à l'époque, « pour faire plus russe », claironnait-il. Il ne put s'empêcher de sourire à la vue de cette photo. Avoir vu cet immense artiste de près de soixante-dix ans se contorsionner pour reprendre la cape d'une danseuse faisait partie des privilèges qu'il avait eus dans sa vie.

René continuait de passer les photos, on y voyait ses amis, ses collègues, ses danseurs. Il s'agissait pour lui d'une seconde famille. Il les aimait tous, avec leurs qualités, leurs défauts. René prenait tout et ne laissait rien. Il y avait également des photos de ses voyages, le plus souvent avec sa troupe. Au travers des visages photographiés on pouvait lire les aléas de ses grands déplacements, les yeux fatigués par l'étreinte des longues heures de voyage mais aussi l'éclaircie des visages devant la découverte du monde. Ces moments étaient encore gravés en lui, sans doute à jamais.

Tous ses souvenirs se résumaient désormais à ces photos. Elles illustraient sa vie d'antan et témoignaient de sa gloire d'avant. René referma l'album comme il aurait pu refermer la porte de chez lui avant un long voyage, n'étant pas tout à fait certain de retrouver ce qu'il avait laissé.

28 septembre 1942

J'ai pris, j'ai fait couler dans mes brûlantes veines / Un poison que Médée apporta dans Athènes. / Déjà jusqu'à mon cœur le venin parvenu / Dans ce cœur expirant jette un froid inconnu ; / Déjà je ne vois plus qu'à travers un nuage / Et le ciel et l'époux que ma présence outrage ; / Et la mort, à mes yeux dérobant la clarté, / Rend au jour, qu'ils souillaient, toute sa pureté. Assis par terre, les jambes légèrement courbées, adossé à la paroi du wagon, René murmurait les derniers mots de *Phèdre*, avouant son ultime péché, avant d'expirer. Les derniers mots d'une femme blessée et meurtrie par la vie. Les derniers mots d'une femme touchée par l'inavouable, d'un amour interdit, d'un bonheur inatteignable. Ces vers raisonnaient au plus profond de lui. Sans qu'il en connaisse la raison.

Depuis quatre jours, le train poursuivait sa route au cœur de l'Europe, sans eau, sans nourriture, sans rien. Pas une seule fois la porte du wagon ne s'était ouverte. Durant ces longues journées d'attente, elle resta irrémédiablement fermée. Les passagers avaient été abandonnés à leur sort, entre résignation et survie. Un coin avait été aménagé pour faire office de sanitaires. On urinait sur la paroi, on déféquait dans un saut débordant. L'odeur était insupportable. De ce même côté, on pouvait voir allongés ceux qui, épuisés, ne se relèveraient plus. Ils avaient quitté une vie dont le destin, depuis longtemps, ne leur appartenait plus. Dans ce train, vide d'espérance, seul le silence régnait. Chacun semblait plongé dans son propre abîme intérieur.

René savait qu'au terme de ce voyage la mort l'attendait. D'une manière ou d'une autre, il allait mourir et s'y préparait. Il n'avait plus la force de se battre. Ses dernières heures, il voulait se les dédier à lui-même. Aux souvenirs, heureux ou malheureux, aux bonheurs, aux regrets. C'étaient sans doute les seules choses qu'on ne put jamais lui prendre durant ces neuf derniers mois. Sa première pensée était pour son fils, son Minouchou. À presque dix-huit ans, c'était bientôt un homme. Il aurait tant voulu lui parler, le voir, le serrer fort dans ses bras, au moins une dernière fois. Son fils adoré. Il aurait voulu lui dire qu'il l'aimait si fort, si profondément, que sa tendresse et son amour à son égard demeureraient, par-delà la vie, par-delà la mort. Mais il ne put jamais les prononcer devant son fils, ces quelques phrases. René était monté dans ce train avec le poids de tous ces mots.

La lumière du jour arrivait à pénétrer par les fentes des parois. On pouvait observer les visages maigres et émaciés des femmes et des hommes couchés à même le sol. La fatigue et l'épuisement moral du voyage s'y reflétaient. Leurs yeux étaient, pour la plupart, ouverts mais leurs regards restaient perdus dans le vide. Dans ce clair-obscur ambiant, l'effroi survenait chaque fois que ralentissait le train.

Les stigmates de la fatigue n'épargnaient pas René non plus. Les derniers jours avaient été particulièrement épuisants. Depuis la fin août, il était interné au camp de Pithiviers. Les autorités allemandes avaient donné la possibilité aux Juifs français de quitter Drancy pour le camp du Loiret. René s'était porté volontaire. Il voulait quitter Drancy, ne plus voir les déportations, les familles séparées, les pleurs et les cris. Drancy signifiait la mort.

René s'était peu à peu renfermé. Il voyait ceux avec lesquels il partageait ses repas, ses nuits, partir vers une déportation dont personne n'était jamais revenu. Il n'arrivait plus à regarder ceux dont le nom était cité le matin pour partir. Il n'arrivait plus à entendre les prières juives qui précédaient le départ. Il avait alors décidé de rejoindre, avec d'autres, un camp de Pithiviers plus apaisé, dans lequel la mort était moins prégnante. Et puis le paysage changeait aussi. L'horizon urbain de Drancy laissait place à un environnement champêtre, fait de grandes plaines d'herbes vertes avec, au loin, de grands arbres majestueux.

Pour René et ses camarades, le camp de Pithiviers avait tout de suite dégagé une certaine sérénité. Le quotidien avait rapidement repris ses droits, entre les corvées, les discussions, les jeux de cartes. La santé mentale de René s'était également améliorée. Son optimisme revenait. Il reprenait goût aux rencontres. À Pithiviers la nourriture était meilleure également. René avait repris des forces.

Pithiviers avait aussi ses démangeaisons. Aux punaises de lit de Drancy succédaient les puces de Pithiviers qui écorchaient les peaux. Mais les corps finiraient par s'y habituer. C'était tellement dérisoire face à la détresse de Drancy. Les températures clémentes de la fin de l'été contribuaient à atténuer les privations. Il y avait une atmosphère insouciante dans le camp, presque agréable. Elle n'allait pas durer. En même temps que l'automne, la dure réalité vint prendre place.

Un jour de crachin, les autorités avaient rassemblé tous les détenus pour les informer qu'un transfert allait avoir lieu. Celui-ci concernait les Juifs étrangers présents dans le camp. On parlait de Drancy puis de déportation à l'Est. À Pithiviers, les mêmes scènes éprouvantes qu'à Drancy furent de nouveau vécues. Les préparations pour le départ. Les mêmes regards fuyants de ceux qui restaient. La même injustice pour ceux qui partaient. Le jour du départ, la séparation avait été difficile. Pithiviers était un camp plus petit, dans lequel tout le monde se connaissait plus ou moins. Des amitiés étaient nées, petites ou grandes. Elles furent de nouveau brisées.

Après ce départ contraint, les visages avaient changé à Pithiviers. Ils avaient repris le même masque d'angoisse qu'à Drancy. D'autres choses s'étaient altérées. Les gendarmes qui gardaient le camp n'étaient plus les mêmes. Leur attitude traduisait une certaine tension. Les internés s'inquiétaient. Et puis les rumeurs bruissaient d'un nouveau transfert. Pendant plusieurs jours, l'angoisse était palpable. Certains avaient eu vent que l'ordre de transfert était venu directement de la préfecture, sans détail. Une liste de noms devait être prochainement publiée. René connaissait les rumeurs du camp. Il vivait avec elles depuis près de neuf mois maintenant. Elles étaient souvent fausses et nuisibles. Comme à son habitude, il n'avait pas écouté.

Mais quelques jours plus tard, après l'appel, une liste de noms fut citée pour un transfert vers le camp de Beaune-la-Rolande. Le nom de René avait été appelé. Rapidement cette liste de noms fut connue comme celle des « décorés », puisque presque tous les nommés avaient la Légion d'honneur ou la croix de guerre. L'ordre venait du préfet lui-même et précisait « en vue d'une libération ». Jusqu'à présent, le préfet Jacques Martin-Sané était surtout connu pour organiser les déportations vers Drancy ou l'Est directement, même si les gendarmes racontaient qu'à plusieurs reprises il s'était opposé à la déportation de citoyens français, juifs de surcroît. Mais presque chaque fois, les Allemands avaient rejeté ses demandes.

Le transfert était prévu pour le lendemain. La demande semblait avoir été acceptée cette fois-ci. Combien de fois René se l'était imaginée, cette scène ? Une centaine, peut-être plus. Il pensait s'y être préparé. Il ne pensait pas que l'émotion allait autant le submerger. Face à lui, les visages souriaient, les mains se posaient sur ses épaules, certains étaient venus l'étreindre. René était resté sans voix. Il n'avait pas réussi à dire un seul mot. Tout semblait trop confus pour lui. Le soir, il ne parvint même pas à manger. Sa main continuait de trembler.

Le jour du transfert, « les décorés » furent invités à se rassembler dans la petite cour. Tous les internés étaient présents pour l'occasion. On voyait des poignées de main vigoureuses, des corps se serrer, on donnait des lettres pour les proches, on faisait passer des messages. René promit. Il promit qu'il irait porter lui-même chaque message. Il promit aussi qu'il témoignerait, qu'il dirait tout ce qu'il avait vu. Après un dernier au revoir, les « décorés » montèrent dans les bus garés devant l'entrée du camp. Des vitres, on pouvait voir les derniers gestes de ceux que l'on appelait désormais « les libérés ». On était content mais on les enviait aussi, « tant mieux », disait-on, et puis cette libération redonnait espoir aux autres. « Bientôt ce sera vous, j'en suis sûr », avait affirmé René à Georges Koiransky. Qu'aurait-il pu dire d'autre ? Le bus démarra et disparut rapidement à l'horizon. Le ciel était alors parsemé de nuages. On pouvait percevoir, derrière, le soleil, mais on ne pouvait que le percevoir. Telle la liberté.

Beaune-la-Rolande n'était qu'à une vingtaine de kilomètres du camp de Pithiviers. Sur la route s'entrecroisaient les immenses champs de céréales avec les forêts du Loiret sur d'interminables lignes droites. De temps en temps, le bus traversait des bourgs. Les volets des maisons étaient fermés. La vie semblait avoir quitté ces lieux.

Le bus entra par la grille principale du camp de Beaune-la-Rolande. Il ressemblait aux autres, les mêmes baraquements en bois alignés les uns à côté des autres, les mêmes visages peuplant les travées, avec la même peur de la mort. Les nouveaux arrivants furent convoqués au baraquement principal, pour une énième fouille. Les consignes étaient de ne pas défaire ses affaires. C'était le signe d'une libération. René rejoignit Pierre Masse qui attendait dans la cour, sa pipe au coin des lèvres. « Qu'allez-vous faire, vous, en rentrant à Paris ? lui demanda l'ancien secrétaire d'État. – Voir mon fils, puis quitter Paris pour rendre visite à mon frère Léon, lui répondit instinctivement René. – Vous n'allez donc pas quitter le pays ? » insista Masse. René tourna sa tête de l'autre côté. « Non. Ce pays c'est le mien, comme c'est le vôtre. Partir ce serait fuir. Je n'ai rien à me reprocher, moi. Eux, en revanche, oui. » Pierre Masse se raidit : « Mais vous n'avez pas peur de mourir ou même d'être tué ? » René resta silencieux quelques secondes comme s'il réfléchissait à la meilleure manière de répondre. Puis il prit une profonde inspiration en regardant son interlocuteur dans les yeux : « Si. Si, bien sûr, j'ai peur. Dans mon propre pays, j'ai peur qu'un jour l'on vienne chez moi pour m'exécuter. J'ai encore plus peur que l'on vienne pour mon fils. Oui, j'ai peur. Mais je préfère la peur à la fuite. C'est mon honneur et celui de ma famille. Et après les neuf mois que nous venons de passer, que voulez-vous qu'il puisse nous arriver de pire ? Une balle dans la tête ? Eh bien, si c'est notre sort… »

Tous les hommes avaient été regroupés dans la cour centrale. Ils attendaient les ordres à venir sur les conditions de libération. La foule était essentiellement composée de vieux messieurs, aux mines fatiguées, aux corps éprouvés. Ses jambes ne parvenaient plus à le porter. Près d'une heure était passée sans qu'aucune consigne parvienne jusqu'aux internés. Les sentiments étaient partagés dans l'assemblée. Pour certains il y avait de l'impatience, pour d'autres de la crainte ou encore de l'agacement. René, lui, était philosophe. Sa détention avait duré près de neuf mois, il n'en était pas à quelques heures supplémentaires pour être libéré. Il connaissait la propension de l'administration à mettre un temps infini à appliquer certaines décisions.

L'attente dura encore près d'une heure. Elle se termina lorsqu'un important convoi apparut au loin. Autour de René, les hommes s'étaient levés. Ils tentaient d'en percevoir au loin le détail. Certains utilisaient leurs mains pour cacher le soleil qui troublait leur vue. René, lui aussi, s'était mis debout. À son tour, il tenta de distinguer les différents véhicules en approche, sans néanmoins y parvenir. La poussière soulevée autour du convoi ne facilitait pas les choses. Il regarda alors ses camarades. À mesure que le bruit des véhicules se rapprochait, les visages, eux, blêmissaient. René interrogea Pierre Masse, présent à côté de lui. L'ancien secrétaire d'État le regarda, puis en baissant les yeux murmura : « C'est terminé. » Le convoi était désormais assez proche pour que René puisse enfin discerner le bus qui passait le grand portail d'entrée du camp, précédé des voitures des soldats allemands. Pierre Masse avait raison, c'était terminé. Il n'y aurait pas de libération.

Le train ralentissait. Autour de René, les visages se relevaient, inquiets à l'idée d'affronter l'issue de cet éprouvant voyage. Certains s'étaient levés pour regarder au travers des fentes le paysage. À voix haute, tout le monde écoutait silencieusement un homme décrire ce qu'il percevait : une plaine d'herbe courte puis un bâtiment en brique rouge. Le train continua à perdre de la vitesse puis s'arrêta définitivement. Au-dehors, on entendait les aboiements des chiens, des cris en allemand puis dans une autre langue, probablement du polonais. La porte restait fermée.

Dès le lendemain, les hommes furent transférés au camp de Drancy. René avait fait le voyage aux côtés de Pierre Masse. C'était la première fois qu'il voyait le grand avocat si affaibli. Son pas était lourd, sa jambe traînante. Pierre Masse avait été arrêté quelques mois avant René, le 20 août 1941, dans une grande rafle visant notamment des personnalités du barreau de Paris. Jusqu'à présent, il n'avait jamais faibli face à la détention. Pour les internés, il était un modèle de dignité et de force. Mais cette libération avortée semblait l'avoir brisé.

Dans le camp de Drancy quitté quelques mois plus tôt, rien n'avait vraiment changé. Il y avait les mêmes murs gris, la même odeur âcre, la même sensation de mort. Seuls les visages s'étaient renouvelés. Ils étaient un peu plus jeunes. À Drancy, les déportations ne s'étaient pas arrêtées. Comme une mécanique bien huilée, les trains partaient pour ne jamais revenir. Ils emmenaient les Juifs loin. De là-bas, on ne savait rien. C'était l'inconnu. Ce ne fut pas une surprise pour René d'entendre son nom sur la liste des prochains déportés. C'était la suite logique de l'échec de la libération. Les Allemands avaient pris conscience qu'il s'agissait d'un témoin gênant. Ils ne voulaient pas prendre à nouveau le risque de le laisser partir. Le départ de René était prévu deux jours après, le 23 septembre.

René avait vécu ses deux derniers jours à Drancy enfermé dans son dortoir. Son retour dans le camp s'était accompagné de douleurs épouvantables aux jambes.

Pour calmer ses souffrances, il les suspendait en l'air, maintenues grâce à un drap qu'il avait réussi à accrocher entre deux lits. Cette technique lui avait été prescrite par un médecin pour calmer ses inflammations. C'est ainsi qu'il avait reçu une dernière fois ses visiteurs, la tête retournée. Il avait ri de cette situation et gardé son sourire, désormais sans moustache, et son chapeau trop grand pour lui. René avait essuyé une dernière humiliation. On lui avait rasé sa moustache puis ses cheveux. Il paraissait plus jeune ainsi. On ne l'aurait pas reconnu.

Sa dernière soirée à Drancy avait été probablement la plus belle. René avait eu de nombreuses visites et bavardé comme il aimait tant le faire. Le repas n'avait jamais été aussi fameux. Ses amis s'étaient démenés pour trouver quelques conserves sur le marché noir du camp. René n'avait jamais autant mangé depuis ces neuf derniers mois. Ce soir-là, il veilla tard avec ses camarades.

Le lendemain, René se leva aux premières lueurs du jour. Il était le premier à se réveiller. Il s'approcha de la fenêtre et appuya ses coudes sur le rebord. Le ciel était recouvert d'une brume blanche épaisse. René resta de longues minutes à contempler l'immensité du ciel, seul avec ses pensées. Progressivement, ses camarades se levèrent. Lui avait regagné son lit et rassemblait ses quelques affaires. Dans le lit voisin, Lucien Weil s'éveilla. René se retourna vers lui puis, avec un sourire en coin, lui lança : « Alors, prêt pour le grand voyage ? » Lucien lui sourit mais ne répondit pas. Il n'en avait probablement pas la force. Dehors, les autorités avaient déjà installé la table pour l'appel des déportés. Le départ était prévu dans la matinée. Beaucoup de monde s'était regroupé aux fenêtres de l'immeuble. Ses yeux s'ajoutaient à ceux, nombreux, déjà présents dans la cour. La déportation était une attraction comme une autre. Les autorités laissaient regarder le triste spectacle. Ce jour-là près d'un millier d'hommes et de femmes furent appelés. Un par un, chacun était invité à se présenter devant l'officier chargé de l'appel puis à passer par le cabanon de fouille.

Le dernier appelé fut un très jeune homme, dix-huit ans à peine. Un symbole peut-être. Celui d'une jeunesse perdue, d'une vie fauchée. C'était un garçon tout frêle avec, sur la tête, une casquette. René l'avait aperçu la veille. Il l'avait vu enlacer une jeune fille de son âge à peu près. Elle versait des larmes. Lui, empêchait les siennes de tomber. Dans cet enfer, un amour était né. Il avait réussi à germer malgré la mort et le désespoir. Tout n'était peut-être pas perdu.

Au bout du camp, les portes s'ouvrirent, laissant apparaître, au-delà, une dizaine de bus de la SNCF. René s'installa dans l'un d'eux. À côté de lui Lucien Weil était assis, silencieux. René pouvait apercevoir sa mâchoire serrée, d'où aucun mot ne pouvait sortir. Lucien s'était retranché dans le silence. C'était sa manière d'affronter les choses. D'autres versaient des larmes. René, lui, comme dans tous les moments difficiles, se plongeait dans ses souvenirs.

Les internés furent conduits à la gare de marchandises de Bobigny, à quelques minutes de route. À leur arrivée, un train composé d'une douzaine de voitures attendait. Devant chacune d'entre elles stationnaient des soldats allemands et des internés du camp, réquisitionnés pour charger personnes et matériel dans le train, sans distinction de genre. Sous les coups, les cris des soldats et les aboiements des chiens, femmes et hommes furent jetés dans les wagons comme de vulgaires marchandises. À côté de René, une jeune fille avait la cuisse en sang. Le chien d'un soldat venait de lui mordre profondément la chair. La petite souffrait le martyre. René utilisa sa veste comme garrot pour empêcher le sang de couler. En quelques minutes, tous les internés avaient rejoint le wagon. À l'intérieur, l'espace n'était pas suffisant. Ils étaient les uns sur les autres. Il y avait à peine la place pour bouger les bras. On respirait mal. La porte se referma brutalement, imposant à René et à tous les autres une obscurité effrayante. René entendit un sifflement puis le train démarra.

La porte s'ouvrit brusquement. Une lumière aveuglante entra. René plissa ses yeux. Dehors, un homme dans un habit rayé, couvert d'un calot, se tenait. Le contre-jour ne permettait pas de discerner son visage convenablement. Lui, regardait les visages apeurés des hommes et des femmes lui faisant face. Son regard s'arrêta sur le visage d'une jeune fille. Elle avait le teint pâle que ses cheveux, d'un noir intense, renforçaient. L'épuisement du voyage avait creusé ses yeux et le manque de nourriture, ses joues. Le regard de l'homme s'était fixé sur la petite. Il leva ses bras dans la même direction en criant « Marta ». En voyant que la jeune fille ne bougeait pas, il s'exclama encore plus fort « Marta… Marta… Marta… ». Un soldat allemand s'approcha alors de l'homme et lui mit un violent coup de matraque dans le dos. Il tomba à terre. L'Allemand se mit alors à la hauteur du wagon et hurla : « *RAUS !!!* » Les femmes et hommes présents dans le wagon se précipitèrent pour descendre sur le sol, fait de poussière et de terre. Devant se tenaient, en ligne, des soldats allemands retenant difficilement des chiens prêts à sauter à la gorge du moindre détenu. Les soldats étaient silencieux, impassibles, ils laissaient les hommes aux habits de rayures faire sortir des wagons les nouveaux arrivants. Femmes et hommes étaient séparés en deux files.

Au bout du quai, des officiers allemands discutaient. Ils portaient de longs manteaux gris, descendant presque jusqu'aux pieds. Ils étaient sept ou huit, peut-être plus. René avait beaucoup de mal à discerner les formes. Après presque cinq jours dans l'obscurité, la lumière était aveuglante. Et puis l'absence d'eau et de nourriture l'avait considérablement diminué. Ses jambes vacillaient sous son poids. Il était au bord de l'écroulement. Si Lucien Weil ne lui avait pas tiré le bras, il n'aurait sans doute pas remarqué qu'au loin l'un des officiers criait son nom. La voix lui provenait comme d'un ailleurs. L'officier hurla de plus belle : « *WO IST DER JUDE RENÉ BLUM ?* »

René s'avança. Un pas après l'autre. Il s'approcha lentement. Il avait peur. Il avait toujours eu peur. C'était humain. Il savait qu'au bout de cette marche il y avait l'issue de sa vie. Il regardait devant lui les officiers nazis l'attendre. Il regardait droit dans les yeux ces hommes immondes, broyés par la haine et la brutalité. Il se plaça devant eux, exténué, proche de l'effondrement. Mais il gardait son regard droit. L'un des officiers lui désigna une voiture, située quelques mètres plus loin. Il s'y dirigea sans un mot. Avant de monter dans le véhicule, il regarda une dernière fois ses camarades d'infortune.

L'automobile démarra. Deux soldats l'escortaient. Le véhicule emprunta une petite route à travers cet immense camp où tous les prisonniers portaient cet habit à rayures blanches et noires. Deux couleurs opposées, l'une synonyme de la mort et l'autre, de la vie. Après quelques minutes, la voiture s'arrêta devant un long bâtiment en brique rouge au-dessus duquel une longue et immense cheminée trônait, crachant une épaisse fumée noire. L'un des soldats descendit de la voiture, imité par René. Le soldat ouvrit la porte du bâtiment. René y entra. Elle se referma derrière lui. Et, avec elle, se referma sa vie.

Comme celle de millions d'autres femmes et hommes, la vie de René allait être enfouie dans les ténèbres de l'histoire, perdue à jamais dans le drame de ce monde. René n'avait pas eu plus d'avantages que d'autres à être le frère de Léon, peut-être même le contraire, il avait le devoir de montrer l'exemple. C'est ce qu'il fit jusqu'au bout. Il fit honneur au nom de Blum. Son souvenir restera comme celui d'un homme bon, d'un homme d'art et de culture, d'un homme bienveillant, d'un homme intègre, d'un homme au destin tragique. En cela, la mémoire de René restera, même par-delà l'oubli.

NOTE

Il ne s'agit pas d'une biographie de René Blum mais d'un récit inspiré de sa vie. Les faits historiques sont réels, quelques personnages ont été inventés mais la plupart ont existé et vécu les choses comme elles ont été écrites. J'ai pris néanmoins quelques libertés en ce qui concerne sa vie privée et sentimentale.

J'ai découvert René Blum par hasard, en allant faire mes courses près de la rue portant son nom. Puis je l'ai recroisé dans le livre d'Anne Sinclair *La Rafle des notables*. J'ai voulu en savoir plus. Et, de fil en aiguille, mes recherches se sont étoffées.

J'ai voulu rendre hommage à la mémoire de René Blum, mais aussi à tous ceux qui ont disparu avec lui. Ce récit leur est dédié.

L'écriture de ce livre m'a permis de découvrir l'immense travail de mémoire réalisé pour ne jamais oublier. Les témoignages des rescapés, les travaux des historiens, la documentation d'identification des victimes. Je tiens tout particulièrement à souligner les inestimables ouvrages de Georges Wellers et Jean-Jacques Bernard.

Je remercie sincèrement pour leur professionnalisme et

leur bienveillance les équipes de la Bibliothèque nationale de France et du Mémorial de la Shoah. Leur accompagnement a été précieux dans mes recherches.

Ce livre n'aurait pu exister sans le travail incomparable d'Anne Sinclair. Je tiens à lui exprimer, ici, ma profonde admiration, pour son combat de mémoire et de justice.

Je remercie également Serge Klarsfeld pour ses encouragements et sa mémoire, infaillible. Beate et Serge Klarsfeld, leur volonté, leur combat, ont été une source d'inspiration.

J'ai une pensée émue pour l'accueil bienveillant de la famille de René Blum ainsi que leurs encouragements, en particulier Laurent Hyafil. Je n'ai pas de mots assez forts pour lui exprimer toute ma gratitude.

Et puis je tiens à dire un grand merci à tous ceux qui m'ont aidé à porter ce travail. Adélaïde bien sûr, mais aussi Anne, Marc-Antoine, Benjamin et tous les autres que je ne cite pas mais qui ont été présents.

Je tiens sincèrement à remercier ma mère, Brigitte, pour sa relecture vigilante.

Enfin, ce roman est aussi le fruit d'un travail collectif. Celui de Magalie Delobelle, mon agent, qui dès le départ a soutenu le projet et l'a défendu de toutes ses forces. Celui, également, de Ludovic Escande, mon éditeur, qui a porté ce premier roman là où je n'aurais jamais cru qu'il irait. Merci à lui, sincèrement. Enfin, un remerciement appuyé à Antoine Gallimard, à Karina Hocine et à toutes les équipes de la maison Gallimard.

Composition : Nord Compo
Achevé d'imprimer
par CPI Firmin-Didot
à Mesnil-sur-l'Estrée, en août 2023
Dépôt légal : août 2023
Premier dépôt légal : juin 2023
Numéro d'imprimeur : 176594

ISBN : 978-2-07-302698-9/Imprimé en France

623598